光文社文庫

エスケープ・トレイン

熊谷達也

光 文 社

目次

エスケープ・トレイン

プロローグ

まずいな……。

ロードバイクのサドル上で梶山浩介《かじやまこうすけ》の顔が曇る。

少しだけ、気を抜いた。沿道に見つけた日の丸の旗が原因だ。

ペダルを踏みながらも疑念がよぎった。

日本人の観客？　こんな場所で？

両手で日本国旗を掲げている観客を確かめようとして、沿道へと視線を向けた。風に揺れる日の丸に隠れて、最初、顔が見えなかった。そのせいで、前を走る選手の尻に視線を戻すのが遅れた。

通過直前、観客は確認できた。知っている顔だ。日本人の女性。八年前、梶山が初めて「ツール・ド・フランス」に出場した時から応援に来ている佐久間美佳《さくまみか》だ。

個人的に親しいわけではないが、言葉を交わしたことはある。梶山が知っているのは、ワインのネット通販会社を経営していることくらい。梶山がプロになる前からサイクルロードレースのファンだった。そう言っていた。ワインの買い付けを口実に、毎年ツール・ド・フランスの観戦に来ていると。いや、順序が逆だ。ツール・ド・フランスを現地で観戦したいがために友人と一緒に会社を立ち上げた。そういう話だったはずだ。本当なのか冗談なのかはわからないが。それ以外、プライベートに関してはなにも知らない。

彼女が今年、三週目に入る前から応援に来ているとは思わなかった。それで驚いた。が、必要以上に視線を向けてしまったのは、一緒にいる観客がいつもとは違い、フランス人の男性ではなかったからだ。かたわらにいたのは若い日本人女性。知らない顔だ。どんな関係か？　自社の社員か？　もしかしたら娘とか……。

余計なことを考えすぎた。前へと視線を戻した時、前走の自転車との車間が五メートル以上開いていた。

若干の向かい風。風をさえぎる前走車と離れたとたん、空気の層が壁になる。

十分ほど前に、スタート直後からずっと降り続いていた雨が上がった。この先はゴールまで晴れ。チームカーが無線で伝えてきたのを受けて、梶山は、チームメイトが脱いだレインウエアを自転車に乗ったまま一人で回収した。

百六十名以上の選手が塊になって走るプロトン――メイン集団――から離れ、チームカーの位置まで下がってウエア類をメカニックに預けた。ついでに水のボトルを五本受け取り、ジャージの背にある三つのポケットと腹の内側に詰め込んで、チームメイトが固まっている位置まで戻ろうとしているところだった。よって、いま梶山のそばにチームメイトは誰もいない。

ケイデンス——ペダルの回転数——を上げて前走の選手に追い着こうとするのだが、空気抵抗が増したせいで厳しい。自転車競技では、空気抵抗が最大の敵であるとともに、時には味方にもなる。

やばいな……。

胸中での呟《つぶや》きが、まずいな、から、やばいな、に変わる。

寸前までは道幅いっぱいに広がって一塊《ひとかたまり》だったプロトンが、いまは縦長の棒状一列だ。これは、集団の速度が一段階、いや、二段階ほど上がったことを意味する。

このままでは前走の集団から置いて行かれてちぎれる……。

メイン集団の速度をコントロールしているのは、昨日のステージまでの総合タイムで首位を守り、マイヨ・ジョーヌ、イエロージャージ着用のミカエルを擁するサムズアブダビのはずだ。メイン集団の九分ほど先を走る八名の逃げ集団内には、総合優勝争いにからんでくる選手はいない。しかもサムズアブダビは、逃げにも一名、自チームの選手を送り込んでいる。このタイミングでプロトンを活性化させ、逃げ集団とのタイム差を縮める必要も意味もない。なのになぜ……。

懸命にペダルを回しながら、今日のコースプロフィールを思い起こそうとする。これまでのツール・ド・フランスで、梶山は過去に三度、同じコースを走っていた。かなり細部まで記憶している。

平坦路のまま五キロほど先で深い森に突入したあと、森を抜け出ると同時に大きく右に、最終的には九十度折れ曲がってから、しばらく直線道路が続くのではなかったか……。

天気予報の予想以上に風が強い？

いまはたいした向かい風ではないが、前方に迫っている大きな森が風速を弱めているのかもしれない。

集団前方に位置するチームのどれかが、森を抜けた先の横風を利用したプロトンの分断を狙っている？　そういえば、三年前のツールでは、この先の横風区間で集団がぶちぶちに切れて、総合上位陣の順位が大幅にシャッフルされた。

可能性があるのは、ベルギーにチーム登録をしているロットUL。昨日の段階でチームのエースが総合五位につけていたはずだ。奴ら、横風や石畳といった厳しい条件下でやたらと強い。この先の横風を利用して自チームに有利になるように、プロトンの分断を図っているということか……。

それはありだ。

総合表彰台を狙えるチーム、オメガレーシングが、現時点で梶山よりも集団の後方に位置している。エース、サンチェスのメカニカルトラブルが原因だ。梶山自身は、最初、サンチェスのトラブルに気づけなかった。梶山がポジションを上げていくのと入れ替わりに、オメガレーシングのアシスト選手たちが速度を緩めて後方へ下がっていくのを見て、ん？と胸中で首をかしげた。

競技中にタイヤがパンクしたりメカニカルトラブルが発生したりした場合、ホイールやバイクの交換が必要になる。プロトンの後方に付き従っているチームカーのメカニックがその作業を担うのだが、結果的に、トラブルに見舞われた選手は集団から取り残されることになる。それがチームのエースだった場合、同じチームのアシスト選手たちがエースをプロトンに復帰させるために集団から離れる。自分たちが風よけになってエースを前方に引き上げるためだ。

この状況を利用して、有力選手の一人、サンチェスを総合優勝争いから脱落させ、いまのうちにライバルチームを一つでも削っておきたい。そういうことなのだろう。

梶山が案じた刹那《せつな》、右耳にテープで固定してあるイヤホンから、第一チームカーのハンドルを握っている監督、ドミニクの声が突き刺さった。

「この先の森を抜けたあとの横風が、思った以上に強い。それをいち早くキャッチしたロットＵＬが、プロトンの先頭に出てペースを上げた。急いで前へ上がれ！」

やっぱりそうか、くそったれ！

というか、もっと早く知らせてくれよ、まったくもうっ。

罵《ののし》ると同時に、スプロケットのギヤを一枚だけトップ側にチェンジする。シューズのソールを通して伝わるペダルからの抵抗が増した。が、このままペダルを踏み抜くしかない。

チームカーからもらってきた水のボトルが重い。一本が六百グラムとして五本で三キログラム。平坦路ではあるが確実に加速を鈍らせる。それ以上に、ジャージの腹側に突っ込んだ二本のボトルが、呼吸とペダリングの邪魔をする。

梶山は、ジャージの腹側から取り出したボトルを二本、苦労しつつジャージの背中側に移した。

直後に腰の位置をサドルの前方へずらし、自分が一分間出し続けられる最大パワーに近い数字まで、ワット数を上げた。

変速でいったん落ちた回転数が回復していくにつれ、開いていた前走の自転車との距離が、少しずつ詰まり始めた。

じりじりという表現がこれほどぴったり当てはまる状況は、他に思い当たらない。

「おい、なにやってんだよ！」

後続の選手の怒声が届く。

「なに考えてんだよ、日本人《ジャッポネーゼ》！」

同じ声のイタリア語。以前とは違い、プロトン内では英語が共通言語になっているのだが、頭に血が昇った際には母国語で罵る。という以上に、イタリア人選手はのべつまくなしに喋っている。とにかくお喋り、というイタリア人に対するステレオタイプな印象は、あながち外れではない。もちろん個人差はある。だが、たまに日本のレースに出走すると、お通夜の席みたいに静かだ。

ともあれ、プロトン内で日本人と呼ばれたのは久しぶりだ。

ヨーロッパに渡ってきた当初は、名前で呼んでもらえなかった。同じチーム内でさえ、そういう奴がいた。プロトン内で「カジヤマ」あるいは「コースケ」と誰からも名前で呼ばれるようになるまで三年かかった。

今は、UCI（国際自転車競技連合）ワールドチーム内で「コースケ・カジヤマ」という名前を知らない選手はいない。といっても、誰からも一目置かれているとか、そういうことではない。

一チームにつき二十五名内外の選手を抱えるUCIワールドチームの数は十八。ツール・ド・フランスの場合は、ワールドチームの一クラス下に位置するUCIプロコンチネンタルチームがワイルドカード――特別参加枠――で四チーム出場するので、合計二十二チームによって競われることになる。

レースによってメンバーは入れ替わるものの、ワールドツアーだけでも年間四十試合近いレースをこなしているのだから、誰もが顔見知りになる。あちこちを巡業して回るサーカスのようなもので、いい意味でも悪い意味でもムラ社会と言える。比較的競技生命の長い自転車選手とはいえ、生き残りを懸けた競争は激しい。十年以上もこの世界に身を置いていれば、気づいた時にはいつの間にか古株になっている。

梶山もその一人だ。梶山自身、その自覚もあるし、それなりのプライドも持っている。この期《ご》に及んで日本人呼ばわりされる謂《いわ》れはない。

背後から罵声を浴びせてきた奴はどこのどいつだ？

むかつ腹が立つ。が、そんなことにかまけている場合じゃない。自分が原因で集団を分断させたくない。ここでちぎれてそのまま横風区間に入ったら、状況はいっそう厳しくなる。残りのコースプロフィールを考えると、その後の挽回はほぼ不可能。あの日本人のおかげでタイムを失う羽目になった。今日のレース終了後、そんな囁《ささや》きが交わされるのだけはまっぴらだ。

残り三十キロから始まる山岳区間に備えて脚を残しておきたかったのだが仕方がない。覚悟を決めてペダルに体重を乗せ続ける。

前走の自転車との距離がホイール一つ分まで詰まったところで、ドラフティングが効き始め、それまでの空気抵抗が嘘のように弱まった。さらに一踏みしたところで、ようやく前走者のスリップストリームにすっぽり入ることができた。

やれやれ、ちぎれずにすんだ……。

ちらりと背後に視線をやる。

分断は起きていない。

そこでふいに、前を走る選手たちの緊張感が緩んだ。ピリピリしていた空気が消える。と同時に、縦長に伸びていた集団が、前のほうから再び塊に戻り始める。ここで集団を分断させるのは無理だと判断したロットULが、いったん速度を緩めたのだろう。あるいは、ちょっとゆさぶりをかけてみただけなのか。

くそっ、無駄脚を使っちまった……。

こうなるのがわかっていたら、追い着こうとして無理に踏み込む必要はなかった。

脚を止めた梶山は、惰性だけで自転車を走らせつつ、いったん自分の位置を確保した。前後左右、ほかの選手たちに囲まれるポジションにつけたことで、ほとんど無風状態になる。接触にさえ気をつけていれば、きわめて楽なポジションだ。勝手にバイクが進んでいく。

上体を起こし、リラックスしたフォームに切り替えた梶山は、片脚ずつ膝を左右に振って乳酸が溜まった筋肉をほぐした。ほぐすといっても気休めにすぎないが。

集団が安定したところで、後方から上がってきた選手が梶山の右側につけて並走する。

昨年まで梶山と同じチームで走っていたアラン・ルロワだ。

ルロワがフランス語で声をかけてきた。

「うちの若いのが失礼した。血の気が多い奴なんだ。勘弁してくれ」

「気にしなくていい。俺がうっかりしていた」

「女にでも見とれていた？」

「まあ、そういうこと」

にっ、と笑ったルロワが厳しい表情に戻って言う。

「奴ら、また仕掛けてくるぞ」

「わかっている。心配するな、もう大丈夫だ」

梶山が答えると、うなずいたルロワが後退して、チームメイトたちが固まっている位置に戻った。

目前に迫ってきた森を抜けて横風区間に入ったとたん、ロットＵＬは再び集団の分断を図るべくペースを上げるはずだ。だが、気をつけてさえいればもう遅れることはない。

いや、それが問題なのではない。

三年前の俺であれば、さっきのよそ見程度でちぎれかけることは絶対になかった。

三十六歳というのは、そろそろ引退を考え始めなければならない年齢なのか……。

一塊になったプロトンの、チェーンとタイヤが発する音に包まれながら、そんなことを梶山は考えていた。

1

「聞いたか、おい」

コンビニで買った補給食、といっても特別なサプリとかじゃなくて、自転車乗りには定番の餡《あん》パンを齧《かじ》りながら三橋《みつはし》さんが、こちらも定番のどら焼きを頬張っている佐山《さやま》さんに言う。

「聞いたかって、なにを」

「フナオカ・フーズのうわさ」

「そりゃあ、まあ、それとなくは」

「本当だったらマジやばいぜ」

「確かに」

うなずきながらどら焼きを飲み込んだ佐山さんが、コンビニの外壁に立てかけてある自転車のボトルケージに手を伸ばし、水のボトルを手にした。

「やばいって、なにがですか」

指先についたジャムパンのイチゴジャムを舐《な》めていた僕は、二人のどちらにというわけでもなく訊《き》いた。すると、餡パンを飲み下した三橋さんが、

「湊人《みなと》、おまえ、マジで知らねえの？」本当に驚いたような顔で言った。

知らないとまずい話なのか、と内心で少々あせりながら答える。

「フナオカ・フーズがうちのチームの大口スポンサーなのは知ってますけど」

「スポンサーから撤退するかもしれないって話」

三橋さんの言葉に思わず、ええっ、と声を上げてしまった。

「それ、相当やばくないですか」

「やばいなんてもんじゃないぞ。その話が事実だとしたら、最悪、チームの解散もあり得る」

僕が所属する「エルソレイユ仙台《せんだい》」は、ＪＢＣＦ（全日本実業団自転車競技連盟）に加盟登録してＪプロツアーに参戦している、発足から六年の若いチームだ。全国的に増えてきている地域密着型のチームで、名前の通り、宮城県の仙台市を拠点として活動している。オーナー企業が存在するわけではないので、自主独立で運営できる反面、チーム経営はいつも厳しい。

去年の暮れに正式加入したばかりの僕は、チームの財政事情にはあまり詳しくないのだが、スポンサードを受けている企業のなかで、フナオカ・フーズが最大の出資者であることは、もちろん知っている。実際、チームジャージの胸と背中、一番目立つ場所に、自転車を供給してもらっている自転車メーカーと並んでロゴが入っている。普通に白抜きのカタカナなので、かっこいいとはお世辞にも言えないのだけれど。

解散もあり得る、と難しい顔をして言った三橋さんの隣で、佐山さんが、

「葛西《かさい》さんがあちこち走り回っているみたいだから、なんとかしてくれるとは思うけどなあ……」と言ったきり、黙り込んでしまった。

葛西さんというのは、うちのチームのゼネラルマネージャーである。

葛西さんの名を口にした佐山さんは、おしゃべりな三橋さんと違い、クライマーらしくどちらかというと寡黙な人で、僕より五歳年上の二十八歳。エルソレイユ仙台発足当時からのメンバーだ。

チーム発足の翌年、他チームから移籍してきた三橋さんは、同い年のせいか佐山さんと仲がいい。性格が全然違うところが、かえって気の合う要因を作っているのかもしれない。

黙り込んでしまった佐山さんにかわって三橋さんが言った。

「最悪の事態は避けられたとしても、チーム縮小の可能性は十分にあるよな。となると――」と、僕を見てから、

「まあ、あくまでもうわさだからさ。いまの時点で疑心暗鬼になってもしょうがないやね」自分から持ち出した話題のくせに、そこで打ち切り、佐山さん相手に違う話をし始めた。

三橋さんがなにを言いたかったのかは、僕にもよくわかっている。

そうなったら、つまりチーム縮小という話になったら、おまえの来季の契約、やばいかも。そういうことだ。

今年の三月中旬からスタートしたレースシーズンが、毎年十一月の中旬に開催される「ツール・ド・おきなわ」を最終レースとして終わったばかりだった。チームによって違うのだが、僕らエルソレイユ仙台は、一ヵ月弱のシーズンオフに入っていた。

オフの期間、まったく自転車に乗らない選手が、昔はけっこういたらしい。けれどいまは、僕の知る限りほとんどいない。本当は完全に休んだほうが俗に言う「超回復」をするのでかえっていい、という説もあったり、低強度のトレーニングをするくらいだったら寝ていたほうがまし、という説もあったりするのだが、一ヵ月近くも休んでいたら、そのあいだにパフォーマンスが落ちやしないかと、どうしても不安になる。

僕もその不安になるタイプで、もちろんハードに追い込むことはしないものの、天気さえよければ、一日に一時間半から二時間、軽く流す程度には自転車に乗っている。

東北の都市とはいえ、太平洋に面している仙台市はそれほど雪が降らない。だから、冬場でも屋外で走ることができる日は多い。

オフの期間はチームでのまとまった練習はないので、気の合うチームメイトや、都合のつく相手と、あるいは、地元仙台のアマチュアサイクリストと一緒に走ることもある。

僕はどちらかというと、一人で走るのが全然苦にならないほうであるのと、チーム最年少という立場もあって、自分から誰かを誘うことはほとんどない。だが、チームメイトから声がかかれば、ほかに特別な用事が入っていない限り、一緒に走るのがいつものことだった。

昨日の夕方、三橋さんから〈明日、あったかそう。今年最後のガタケ、一本だけ佐山と行く予定。湊人もどう?〉とLINEで連絡が来た。

ガタケというのは、仙台の近郊にある「泉ヶ岳《いずみがたけ》」という山のことだ。中腹と山頂付近の二ヵ所にスキー場があり、麓のバス停から中腹にあるスキー場までの七・二キロメートル、標高差四百十六メートルで平均勾配五・八パーセントの登り坂が、仙台周辺のサイクリストのあいだでは、定番のヒルクライムコースになっている。

標高そのものはたいしたことはないのだが、十二月に入るとさすがに寒すぎるし、路面凍結の恐れがある。気持ちよく登れるのはせいぜい十一月いっぱいということで、気温が上がって天気もよさそうな明日、今年最後の一本を登っておこうか、という話になったみたいだ。

平均勾配と距離だけを見ると、それほどきつくなさそうに思えるヒルクライムコースだが、スタート直後と中間地点の手前がほぼ平坦路になっていることにより、最後のほうの区間は十パーセント超えの登りがしばらく続く。しかも、その登りの手前が下っているように見える——それは目の錯覚で、実際には勾配がいったん緩むだけ——ため、その先に直線となって続く坂道が、本当の勾配以上にきつく見えてしまう。実際に登ってみても楽ではない。普通にママチャリに乗っている人だったら間違いなく途中で止まってしまうだろうし、そもそもあんな坂道を自転車で登ろうという発想自体がないはずだ。

このヒルクライムコース、登坂タイムが二十五分を切れば健脚、とされているみたいなのだが、とりあえず僕らプロの場合、どんなに遅くても二十分を超えることはない。

僕らがチーム練——チームでの練習——に出かける際は、泉ヶ岳の麓まで十キロほどのところにある、チームのサイクリングベースから出発するので、一本だけ登って戻って来るのであれば往復で三十五キロくらい。僕のアパートからサイクリングベースまで自転車に乗って自走で行くとして、それが片道十キロ弱であるから、合計の走行距離は五十五キロメートル程度。オフシーズンに軽く流すにはちょうどよい距離だ。ヒルクライム区間をマジで踏まなければ、だけど。

というわけで三橋さんと佐山さんにつきあうことにしたのだが、今日は景色を眺めながらゆっくりな、と言った三橋さんの言葉は、やっぱり嘘だった。確かにスタート直後はスローペースだったのだが、最初に勾配がきつくなるポイントに差し掛かったとたん、サドルから腰を上げた三橋さんが、ぐいぐいペダルを踏み始めた。それを見た佐山さんが、しようがねえなあ、という苦笑いを浮かべて追っていく。となると、僕だけゆっくりペースで登るわけにはいかなくなる。いや、ゆっくり走ってもなんの問題もないのだけれど、誰かが飛び出すとどうしても追いかけたくなるのが自転車乗りの性《さが》である。

結局、途中で三橋さんをかわした佐山さんがトップでゴール。二十メートルほど離れて三橋さん、三橋さんの後ろになんとか張り付くことができた僕、という順番で、ゴール地点のスキー場駐車場に飛び込んだ。

サイクルコンピューターでチェックしてみたら、最初の平坦区間は流していたにもかかわらず、僕のタイムで十九分を切っていた。

やれやれ、やっぱりこうなっちゃったか、と苦笑しつつ下山して、麓にあるコンビニでひと休みしていた時に、三橋さんが、なんの前置きもなく、佐山さんに「聞いたか、おい」と声をかけたのだった。

僕が正式にエルソレイユ仙台のメンバーとなって、プロのロードレーサーとして活動を始めたのは、今年の春からだ。その前の一年間は、大学に通いながら、エルソレイユ仙台の下部育成チーム「ソレイユ仙台」に所属して、Jプロツアーの下のクラスで走っていた。

さらにそれ以前はというと、自転車競技はおろか、本格的なロードレーサーに乗ったこともなかった。だから、自転車選手としては、明らかにスタートが遅い。

卓球とかサッカーとかの球技や、あるいは体操などとは違って、あまり早くから始める必要はないと言われている自転車競技ではあるが、二十歳を過ぎてからというのは、さすがに遅すぎだ。実際、十九歳から二十二歳のいわゆるU《アンダー》23の時期にどれだけ厳しい環境下──たとえば海外のレースを武者修行的に沢山《たくさん》走るだとか──で揉《も》まれたかで、その後の選手としての能力が決まると言っても過言じゃないと、とりあえず、言われている。ここで、とりあえず、と保留が入るのは、本当はどうなのだか、他の人よりも遅れて自転車競技を始めたばかりの僕には、よくわからないからだ。

そんな僕であるのに、こうして曲がりなりにもプロ選手としていられるのには、ちょっとしたわけがある。

僕は中学からずっと、陸上競技で中長距離を走ってきた。だから、仙台の大学に進学した時も、自然の流れで陸上競技部に入部して、５０００ｍをメインに、１５００ｍと１００００ｍも走り、駅伝メンバーにも入っていた。

ただしそれも、二年生の夏までの話である。というのは、夏休みの合宿で右足の脛骨《けいこつ》疲労骨折が判明して──しばらく前から痛みは続いていたのだが我慢していた──完治までには二ヵ月、軽い練習が再開できるまでおよそ一ヵ月と診断された。

そこで焦らなければよかったのだが、痛みがとれた三週目から、監督には内緒で走り始めた。で、秋の全日本大学駅伝に向けて本格的に練習を始めたとたんに再発した。今度はもっと重症だった。たぶん、再発を恐れて走り方のバランスを崩していたのだろう。結局、最低でも三ヵ月の練習禁止を申し渡された。本当に完治するまでには短くても半年はかかるという診断だった。

すでに十一月に入ろうとしていた。駅伝への出走は絶望的だからあきらめるしかないとして、三ヵ月も休んでいたのでは、それだけで年が明けてしまう。そこから徐々に練習を再開したとして、翌シーズンを戦うために間に合うかどうか、ぎりぎりのタイミングだった。

できるだけ早く練習を再開したい。そう焦っている僕に、自転車でのリハビリを勧めてくれたのが、同じゼミを取っていた自転車競技部員だった。自転車はランニングのような大きな負担を足腰にかけずに有酸素運動ができるから、故障後のリハビリには最適だよ、とそいつは言った。

確かにそうかもしれないと思い、リハビリのために、借り物の自転車に乗り始めた。結局それが、僕がこの世界に入るきっかけとなった。

とはいえ、陸上をやっていた時もそうだったのだが、僕は突出したものを持っているアスリートではないみたいだ、残念ながら。

中学から高校、そして大学生活の前半まで続けた陸上競技では、全国大会には行けても決勝進出がようやくで、表彰台に上《のぼ》ったことは一度もないし、入賞経験も片手の指で数えられる程度。

サイクルロードレースに転向してからも、それはさっぱり変わっていない。あれこれそつなくこなしはするものの、肝心な時に爆発するような特別な力は持っていない。それは、この一年間の競技生活で身に染みてわかったことだ。

そこへもってきて、大口スポンサーの撤退による人員削減、という話が現実になったとしたら、チームのなかでたぶん真っ先に、僕がクビになるはずだ。いま在籍しているメンバーを見る限り、僕が監督だとしたら、迷いなく僕を切り捨てるだろう。

よほど難しい顔をしていたに違いない。

「湊人さあ――」と声をかけてきた三橋さんが、

「監督や葛西さんから呼ばれて、なにか言われたわけじゃないんだろ」探りを入れるような声で尋ねた。

「ええ、まあ」

「だったら、大丈夫だって。もし、あれだ、えーと、来シーズンの契約更改が難しいってことなら、もっと早く本人に伝えているはずだし、そうだろ?」

「うちのチームの場合は……まあ……確かに」

話をふられた佐山さんがうなずいたが、なんだか歯切れが悪い。

その歯切れの悪さは、今回はちょっと違うかもしれない、という意味なのか、僕がやばそうだということを三橋さんがあからさまにしてしまったことへの戸惑いなのかは、よくわからなかった。だが、どちらにしても、佐山さんも三橋さんと同じ見解だということだけは理解できた。

やっぱりそうだよな、と落胆しつつも、無理に笑みを頬に張り付かせるしかない僕だった。

2

うわさは本当だった。

エルソレイユ仙台の一番の大口スポンサーであるフナオカ・フーズが、今シーズン限りでのスポンサー契約解除を明らかにした。といっても記者会見があったとかそういうことではなく、ゼネラルマネージャーの葛西さんから、チームのメンバーとスタッフ宛に一斉メールが送られてきただけだ。

これがたとえば、地元のプロサッカーチームの「ベガルタ仙台」であったら、少なくともローカルニュースにはなるだろう。しかし、一時期のブームを経てロードバイクへの認知度が以前よりも高くなっているとはいえ、サイクルロードレースは、所詮《しょせん》マイナースポーツだ。自分でロードバイクを趣味にでもしていない限り、仙台にプロチームが存在することを知らない人のほうが、圧倒的多数に違いない。

スポンサー撤退の話は、実は昨シーズンからくすぶっていたらしい。その最も大きな原因は、フナオカ・フーズの社長交代である。先代の社長は、自分でもロードバイクが趣味の熱狂的なロードレース・ファンだった。だが、先代の急死を受けて会社を継いだ現社長は、自転車なんかにはまったく興味なし。結果、僕らのチームの土台が傾きかけることになったわけで、当たり前の話なのだろうが、世の中、本当にシビアだ。

ただし、チームの解散はなんとか免《まぬが》れるとのことだった。よって、来シーズンの契約更改日は予定通り。

そのメールが葛西さんから届いたのが三日前だった。

そして今日が更改日で、チームへの加入時に作ってもらった選手用のスーツに身を包んだ僕は、仙台の街中にあるエルソレイユ仙台のオフィスに足を運んだ。

雑居ビルの入り口のプレートにはエルソレイユ仙台の名前ではなく「サイクルライフ仙台（株）」と入っている。エルソレイユ仙台はあくまでもチーム名で、運営しているのはサイクルライフ仙台という会社だからだ。

準備に手間取り、家を出るのが少し遅くなってしまった。僕より先にオフィスに到着して、会議室で待機していたメンバーは四名。

チームの選手は総勢で八名である。キャプテンの高畑《たかはた》さんはすでに応接室に入っているということなので、まだ来ていないのは佐山さんと藤浦《ふじうら》さんの二名。藤浦さんは佐山さんと同様、エルソレイユ仙台発足時からのメンバーで、チーム最年長の三十四歳だ。

僕を含めて会議室にいる五名は、状況が状況だけに、さすがに緊張の色を隠せない。いつもは冗談ばかり言っている三橋さんも、むすっとした表情で腕組みをしている。

僕の場合、チームの財政事情を考えれば、年俸が上がることはまずないだろうし、最悪、戦力外通告を受けるかもしれない。この前の佐山さんの「うちのチームの場合は……」という言葉を信ずるのであれば、なんとかクビは繋《つな》がるということなのだろうが、そうじゃない可能性もゼロではないと思う。

やばい。めちゃくちゃ緊張してきた。僕にとっては初めての契約更改日なのだから、なおさら緊張する。レースでスタートラインに並んだ時以上というか、それとは質の違うひどく息苦しい緊張に、手のひらがじっとり汗ばんできた。

手のひらに浮いた汗をズボンで拭っていたところで、ガシャリと会議室の扉が開き、心臓が一拍跳ね上がった。心拍計をつけていたら、いったいどんな数値が出ることか……。

ドアを開けたのは、キャプテンの高畑さんだった。

会議室で待機している僕らを見回し、

「悠《ゆう》、次、おまえ」僕の隣にいた、小野寺《おのでら》悠に声をかけた。

悠は、僕と同時にチームに加入した若手選手だ。誕生日が僕より四ヵ月早いだけで、年齢も二十三歳で一緒。

だが、僕と大きく違うのは、将来のエースとしての有望株であること。本格的にロードレースを始めたのは高校に入ってからとの話だったが、小学生のころから父親の影響でロードバイクには乗っていたという。

事実、昨年の全日本選手権ではU23カテゴリーの個人ロードレースで、あと一歩で表彰台という四位入賞を果たしている。同じレースに僕も出ていたのだが、結果は後続集団に埋もれて三十七位という、まったく話にならない散々な結果に終わっていた。

悠がぎこちない足取りで会議室を出て行くのと入れ替わりに高畑さんが入って来て、空いている椅子に腰を下ろした。

「どうでした？」

近くに腰かけていた桜井《さくらい》さんが、ほかのメンバーを代表するような形で尋ねる。

三年前に他チームから移籍してきた桜井さんはちょうど三十歳。うちのチーム随一のスプリンターだ。今シーズン、エルソレイユ仙台がJプロツアーのチームランキングを二つ上げることができたのは、桜井さんの働きが大きい。

その桜井さんの問いに、

「まあまあ、かな」と、高畑さんは曖昧な返事をした。

「けっこう時間がかかっていたようですけど」

「まあ、いろいろと」

あくまでも曖昧な返事の高畑さんに、これ以上訊いちゃいけないと察知したのだろう。

桜井さんは、そうですよねえ、と文脈的にはちょっと変な相槌《あいづち》を打ったあと、長机に頬杖をついて黙り込んでしまった。

「毎年、こんな感じなんですか」

僕の近くでスマホをいじっていた原田《はらだ》さんに声をひそめて尋ねてみる。

原田さんは、僕より二歳上の二十五歳。四年前にソレイユ仙台から昇格してメンバーとなった、生え抜きの選手だ。それを言えば僕も同じなのだが、自分を生え抜きだと思ったことは一度もない。

「いや、今年は特別だな」スマホから顔を上げた原田さんが小声で答えた。

やっぱりそうか、この重苦しい空気は……。

次に呼ばれるのは誰だろう、できれば早く呼ばれてしまったほうが楽かも、キャプテンは別として二番目に悠が呼ばれたということは、年齢の若い順なのか、それとも……と考えていたところで、案外早く悠が戻って来た。

出て行った時と違ってどこかほっとした顔つきだ。契約更改が上手《うま》くいったに違いない。

「次、桜井さんだそうです」

「えっ、俺?」

「はい」

首をかしげながら腰を上げた桜井さんが、悠と入れ替わりに応接室へと向かう。

どうも年齢は関係ないみたいだ。チーム在籍期間でもなさそうだし、五十音順でもないし……じゃあ、チームへの貢献度？　なにを基準にしているかはわからないけど……などと疑心暗鬼になって待ち続ける。

桜井さんの次は原田さんが呼ばれた。

そして、その次が僕だった。

3

ガチガチに緊張して応接室に入った僕がソファに腰を下ろすと、フォルダから書類を抜き出した葛西さんが、隣にいるチーム監督の澤井《さわい》さんに目配せしてから、手にした書類を反転させてテーブルの上に置いた。

去年、同じ書式の書類にサインをした。

契約書だ。

よかった、クビにならずにすんだ……。

大学受験の合格発表の時以上にほっとした。

「すまないですが、現状維持ということでどうでしょう。なにか疑問や要望があれば、遠慮なく言ってください」

いつもとは違って、よそ行きのようなあらたまった言葉遣いで葛西さんが言う。

「ないです、ありがとうございます」と即答した。

僕の即答ぶりが可笑《おか》しかったらしい。

「遠慮しなくていいんだぞ」目じりに皺《しわ》を寄せて澤井監督が言った。

「いや、ほんとにないです」

嘘じゃない。よくても年棒ダウン、悪くすれば解雇。そう覚悟していたので、現状維持はこれ以上望めない条件だった。

迷うことなく、契約書にサインした。

一発サインといえば聞こえはよいけれど、契約書に記載されている数字は、コンビニでバイトをするのとたいして変わらない金額である。

数ある国内のプロスポーツで、サイクルロードレース選手の年収は、間違いなく最底辺にあると思う。国内ロードレース界のトップカテゴリーであるJプロツアーを戦うチームでさえ、企業系のチーム以外だと、生活費を稼ぐためのアルバイトをしながらの活動というのは珍しくないし、選手全員がフルタイムワーカーというチームもある。

もちろんロードレースの本場、ヨーロッパのトップ・プロは億の単位の金を稼ぎ出すけれど、それは、ごく限られたほんの一部の話だ。事実、ヨーロッパでプロとして走っていても、並の選手——といっても間違いなく日本のトップ選手と同等かそれ以上の力がある——の年収は、せいぜい三百から四百万円程度らしい。ヨーロッパと比べてはるかにマイナーなスポーツに位置づけられる日本国内の事情は、そこから推して知るべしだ。

ともあれ、これでまた来シーズンもこのチームで走れることになった。

金銭的なものを含めてトレーニングもレースも辛《つら》くて厳しく、しかも時には命にかかわる危険さえあるにもかかわらず、さまざまなものを捨て去ってこの世界に入ったからには、やっぱりそう簡単にあきらめられるものではない。

契約書へのサインを終え、入室した時の緊張からようやく解放された僕は、会議室で待機していたあいだじゅう気になっていたことを思い出した。

「あの、ちょっと訊いてもいいですか」

「契約のこと？」

おいおい、いまさらなにを、という口調で葛西さんが言う。

「いえ、違います。えーと、なんというか、ここへ呼ばれる順番って、なにか基準があったんですか？　どうでもいいことだとは思うんですけど、なんか気になったもので」

「そりゃあ、もちろん――」とうなずいた葛西さんが、

「チームへの貢献度に決まっている」とはっきり答えた。

黙り込んだ僕に、どうした？　と監督が尋ねた。

「だとしたら、あの……俺、一番最後だと思うんですけど……呼ばれるのが……」

口ごもりながら僕が言うと、二人そろって爆笑した。

へ？　と怪訝《けげん》な顔をしている僕に澤井監督が、

「ミーティングの時に言おうと思っていたんだが、ブログのアップ数が多い順に呼んだだけだ」

「は？」

「いや、でも、ブログのアップも地域密着型チームとしては大事な仕事。湊人も、来シーズンはもっと貢献してくれよな」笑いをかみ殺しながら監督が言った。

誰もが疑問に思っていた呼び出しの順番は、どうも、半分は澤井さんと葛西さんの悪戯《いたずら》だったみたいだ。

でも、チームから選手全員に割り当てられているブログのアップは、僕らを応援してくれるファンを少しでも増やすための大事な仕事であるのは確かだ。

「じゃあ、ほかになにもなければ、次は三橋を呼んで」

葛西さんから言われて会議室に戻り、三橋さんに声をかけた。

うなずいて応接室に向かった三橋さんは、なかなか戻って来なかった。

十分以上も経過し、契約更改の条件が折り合わなくて揉めているんだろうか、と案じていたところに、ようやく三橋さんが戻って来た。

なぜか怖い顔をしている。

怒った表情を張り付かせたままの三橋さんは、近寄りがたい空気を発散させたまま、どかりと音を立てて乱暴に椅子に腰を下ろした。

「どうした、三橋」

キャプテンの高畑さんが声をかけた。

「どうもこうもないっすよ、まったく」

憤慨の口ぶりで三橋さんが答えたのと同時に、あっ、と気づいた。

自分のことで精いっぱいで頭が回っていなかったのだけれど、佐山さんと藤浦さんがこの場にいない。遅刻で済むような時刻はとっくに過ぎているのに、もしかして、まさか……。

僕だけじゃなく、誰もが思い描いたに違いないその予想は、やはり、当たっていた。

ミーティングのために会議室に入室してきた葛西さんと澤井監督から、二人が契約更改にならなかったこと、つまり、事実上の解雇になったことを告げられた。

僕らより二日早い一昨日、二人をオフィスに呼んで、その旨を告げたとのことだった。

それを二人がチームの誰にも教えていないのは、僕らの契約更改日が過ぎるまで黙っていてほしいと、チーム側からお願いしたからだという。

二人の今後については、佐山さんのほうは移籍先があるかどうか当たっている最中で、藤浦さんのほうは引退ということになる見通し、との話だった。

説明を聞き終えた僕は、まるで自分のことのようにショックを受け、そして嫌な気分になっていた。まだ一年間しかこのチームに在籍していないけれど、新人選手の僕に、なにかにつけ目をかけてくれていた二人がこんな形で去っていくのは、正直、辛い。そしてこれはまた、いつ自分の身に起こってもおかしくない現実だった。

それにしても、となおも思う。

藤浦さんは、俺もそろそろ引退かなあ、などと、自分でも冗談交じりに言っていたくらいなので、ある意味、仕方がないかもしれない。引退の二文字は、どんなスポーツ選手にも必ずやって来る避けられない運命だ。

でも、佐山さんはなぜ……。

ブログへの貢献度なんかの話じゃなくて、走りでのチームへの貢献度も、選手としての能力自体も、僕より佐山さんのほうが上なのは明らかだ。二十八歳という年齢だって、自転車選手の場合、これからいよいよ脂が乗ってくる、という時期に差し掛かっている。

解雇されるのであれば、間違いなく僕のほうなのに、なぜ佐山さんが……。

「ということは、来シーズンはこの六名で戦うわけですか」

憮然《ぶぜん》とした表情で三橋さんが発言した。

さっきは契約更改で揉めていたのではなく、応接室で二人のことを聞き出したから時間がかかったのかもしれない。会議室に戻って来た時の様子からして、おそらくそうだったのに違いないと、僕は思った。

三橋さんの質問に、いや、と監督は首を振った。

「二名、補充して、来シーズンも八名体制でいく」

「だったらなんで、藤浦さんと佐山を……二人を切る必要はなかったじゃないですか」

「チーム力強化のための決断だ。それは二人とも納得してくれた」

厳しい口調で監督が言った。

それでも承服しかねるような口ぶりで三橋さんが訊いた。

「補充のメンバーは決まっているんですか」

「ほぼ、決まった」

「誰ですか」

「二人とも契約を済ませていないので、悪いが、いまはまだ明かせない」

「移籍ですか、それとも新人ですか」

あくまでも三橋さんが食い下がろうとする。

「すまんが、それも勘弁してくれ」

その様子を見ながら、ちらりと高畑さんを盗み見た。

いつも冷静な人らしく、特に変わった表情は浮かべていなかったが、高畑さんはすでに知っているんじゃないかという気がした。特に根拠はなかったけれど。

「いずれにしても、二、三日中には、はっきりする。本当は今日までに確定しておきたかったんだが、ちょっとした手違いがあって、間に合わなかった。みんなには余計な動揺を与えることになってしまい、申し訳ない」

そう言った澤井監督に、

「手違いってなんですか」と、三橋さんがなおも執拗《しつよう》に食い下がろうとしたところで、

「三橋、もういいだろ」高畑さんが口を挟んだ。

憮然とした表情は相変わらずだったが、さすがに三橋さんも大人しくなった。

新体制が確定してからあらためてミーティングを開くので、今日のところはいったん解散。

そう告げられた僕たちは、黙って席を立つしかなかった。いつもならミーティングが終わるや、あれこれ冗談を飛ばし合ったり、くだらない話で盛り上がったりで、自然に和気あいあいとした雰囲気になる僕らだったが、今日は無理だ。まるでまったく違うチームになったみたいに、どんよりとしている。

こんな状態で来シーズン、うまくやって行けるのだろうか……。

疑念と不安を抱《いだ》きつつドアに向かっていたところで、一瞬、三橋さんと目が合った。

なんでおまえじゃなくてあいつなんだよ。

三橋さんの目が、そう言っているように思えてならなかった。

4

居心地が悪いミーティングの解散後、トイレに寄っていく、と言って、みんなと一緒にエレベーターには乗らなかった。

オフィスに引き返した僕は、自分のデスクでパソコンのキーボードを叩いていた澤井監督の前に立った。

「監督」

「どうした？」

ディスプレイから顔を上げて監督が訊いた。

「あの、佐山さんのことなんですけど……」

それだけで、僕がなにを言いに来たのかわかったようだ。

しゃあないなあ、というようにため息をついた監督は、

「会議室で待ってろ。すぐ行くから」と言って、パソコンに目を戻した。

さっき退室したばかりで、まだ人の体温が微《かす》かに残る会議室で待つこと五分ほど。

ドアを開けて入って来た澤井監督が、コの字形に並んでいる長机の下からパイプ椅子を引き出して腰を落ち着け、口を開いた。

「で、佐山がどうしたって？」

座っていた椅子から腰を上げた僕は、監督の前に移動した。

「えーと、あの、佐山さんがどうしたというより、なんで僕じゃなかったのか疑問なのは確かで、それで、あの、まだ間に合うんだったらなんとかなるかと……」

言いたいことは自分でわかっているのだが、具体的にどう伝えたらよいのか、ろくに考えずにしゃべり始めたせいで、これではなにを言っているのか意味不明だ。

「佐山のかわりに自分を放出すべきだ。そう言いたいのか？」

心の内を完全に見透かされている。でも、これでむしろ話がしやすくなった。

はい、とうなずいて話し始める。

「選手としての力は佐山さんのほうが僕よりも上なのは、レースのリザルトを見れば一目瞭然です。それなのに僕が残留で佐山さんがチームから離れなければならないのは、どう考えてもおかしいんじゃないかと……。監督はチームの強化のためと言いましたが、であれば、佐山さんを残すべきなのは明らかではないかと思うのですが」

「そうだとして、おまえはどうするんだ？」

「教員採用試験に来年、再チャレンジします。もともとそれが学生時代の進路希望でしたから」

「生活はどうする」

「アルバイトでなんとか。もしかしたら、どこかの学校に臨時講師の口があるかもしれないですし」

「おまえにとっての自転車は、所詮その程度だったというわけだ」

「いえ、そんなことはないです。でも、僕の場合、まだやり直しがきく年齢ですし……」

「やり直しがきく年齢？　それは佐山に同情して言っているのか？　だとしたら、そういうのを上から目線と言うんだ。佐山にしてもそんなのは嬉《うれ》しくないだろ。というより、あいつに対して失礼だ」

「いえ、同情とか、そういうことではなく、あくまでもチームの戦力を考えてのことです。なぜ僕のほうがチームに残ったのか、いくら考えてもわからないんです。チームのみんなも、口には出さなくても同じように思っているはずです」

さっきの三橋さんの、僕を見た時の目を思い出して言う。

「それって、おまえ自身の居心地が悪いんで勘弁してくれって言っているように、俺には聞こえるがね」

「そうじゃないです。佐山さんと藤浦さんの件で釈然としないものを残したままでは、チームにとってマイナスなだけじゃないかと――」そこまで話したところで、

「湊人！」と澤井監督にさえぎられた。

「はい」

「おまえ、いつからエルソレイユ仙台の監督になったんだ？」

「え？」

「え、じゃないぞ、ばかやろう。監督業を舐めてんのか？　いや、ロードレースを舐めてんのかって言ってるんだ。おまえみたいなペーペーにチームの心配をされるほど単純でも簡単でもないんだよ、この世界は」

なにも言えなくなってしまった。そんなつもりはなかったのだけれど、監督を怒らせてしまったみたいだ。めったなことでは怒らない人だけに、余計に怖い。

すいませんでした、と謝って帰ろうかどうしようか迷っている僕に、

「ちょっと、ここで待ってろ」と言い残して監督が会議室を出て行った。

まずったなあ、同じことでも、もっと違う言い方をすべきだったと後悔していると、ノートパソコンを抱えて戻って来た監督が、隣に座るようにうながした。

パイプ椅子を持って移動した僕が腰を下ろすと、エクセルのファイルを開いて監督が言った。

「確かに今年のレースのリザルトだけを見れば、湊人の言う通り、佐山のほうが成績を残している」

このファイル、初めて見た。今シーズンのすべてのレースのリザルトだけじゃなく、僕が見てもなんのことだかわからない数字や記号でセルが埋め尽くされている。

「これを見ても、なにがなんだか、わからんだろ」

「は、はい……」

「そりゃそうだ、俺だけがわかるように作ってあるんだから」

ちらりと僕を見て、にっ、と笑った監督が言う。

「エースはリザルトがすべてだが、アシストはリザルトなんぞ無意味。俺がいつも言っていることだが、その意味、わかっているよな」

「わかっているつもりです」

同じ実業団のレースでも、下のカテゴリーのJエリートツアーの場合、チーム戦というよりは個人戦の要素が強い。自分以外周りは全部敵、という状況は、ある意味、自転車ロードレースの本来の姿ではある。あのツール・ド・フランスにしても、最初はそこから始まった。

だが、現代のプロカテゴリーのレースは完全にチーム戦になっていて、それは日本のJプロツアーでも同様だ。

だから今シーズンの僕も、去年までのエリートツアーとはまったく違う走り方を要求された。つまり、エースを勝たせるためのアシストに徹して走ることになったのだが、その点に関しては、特別な戸惑いはなかった。僕自身が、なにがなんでも自分がトップじゃないと気がすまない、という性格ではないからかもしれない。

で、今シーズンのエルソレイユ仙台は、エースを二人、使い分ける戦略をとってきた。基本的にはオールラウンダーのキャプテン、高畑さんが絶対的なエースなのだが、ゴール前でのスプリント勝負になるのが確実なコースレイアウトの場合には、スプリンターの桜井さんがエースになる。当然、どうなるか展開が予想しづらいレースもあり、そんな時には高畑さんと桜井さんのダブルエースで臨むこともある。

もちろん高畑さんにしても桜井さんにしても、人間であるからには好不調がある。実際のレースに際しては、誰をエースにどんな作戦で臨むのか、コースプロフィールと各選手のコンディションを見きわめて監督が最終的に決めることになる。だから、時には高畑さんと桜井さん以外の選手がエースに抜擢《ばってき》される場合もあるのだが、残念ながら、いや、当たり前の話だが、僕が選ばれたことは一度もない。

いずれにせよ、エース以外の選手はアシストとしてレースを走ることになるわけで、エースの力を温存するための風よけになる、エースがストレスなく走れるように集団内での位置取りに気を配る、他チームのアタックを潰《つぶ》す、登りでのペースメーカーになる、次の展開に備えて集団の速度をコントロールする、あるいは、ちょうどいいタイミングで逃げて自チームに有利な展開を作る、さらには、ゴールがスプリント勝負になる場合は最後の風よけを引き受けてエーススプリンターの発射台になるなど、アシスト選手の仕事は多岐にわたる。

そうしたアシストの仕事を百パーセント以上こなしてDNF（Did Not Finish）――タイムアウトや途中棄権でのリタイア――になるほうが、五位とか六位とかの中途半端なリザルトを残すよりもはるかに賞賛に値する。

それが、澤井監督が常々言っていることだし、まったくその通りだと僕も思う。

わかっているつもりです、と答えた僕に対して、

「だったら、なんでリザルトを持ち出す」当然の言葉を澤井監督は口にした。

「うちのチームの場合、ヒルクライムとクリテリウムには、フリーで走ってもかまわないレースがけっこうありましたよね。どのレースでも、佐山さんのほうが成績はよかったはずです。それを言いたかったわけで……」

「おまえ、馬鹿か」

「……………」

あのなあ、と呆《あき》れ加減の口調で監督が続ける。

「ヒルクライムは、チーム随一のクライマーの佐山が速くて当たり前だろ」

「でも、クリテリウムのほうも……」

クリテリウムというのは、一周が二〜三キロメートル内外の短いコースを周回して競われるロードレースで、総走行距離も四十〜五十キロメートル程度と短めだ。多くは街のなかにコースが設定されて観客が足を運びやすいようになっており、レースの開催数も以前

よりずいぶん増えてきている。

今年のエルソレイユ仙台は、全国各地で開催されるクリテリウムに、大小合わせて十数レース参戦してきた。そのうち三分の二以上は、各自フリーで走ってよし、と監督が指示を出していたのだが、僕が佐山さんより前でフィニッシュしたレースは二つだけだ。

「クリテリウムでも、ほとんど佐山に勝てていない？」

「はい」

「当たり前だろ」

二度目の、当たり前だろ、である。

「湊人、おまえ、ロードレースを始めてどれくらいになる？　たった二年半だ。佐山はジュニア時代を含めれば丸十三年乗っているんだぞ。おまえがクリテで結果を出せていないのは、単に下手《へた》くそなだけ。技術力の差だ」

確かに短い周回コースで行われるクリテリウムは、コース中に百八十度のターンがあったり、直角コーナーが連続して出てきたりと、加減速の嵐でめちゃくちゃ忙しく、集団内での位置取りが難しい。

「だが――」と言って別なファイルを呼び出し、監督はグラフを指さした。

「ＦＴＰもVO2maxも、数値だけを見れば、常に湊人のほうが佐山よりも優れている」

ＦＴＰというのは、その選手が一時間のあいだにどれだけのパワーを出し続けることができるのかをワット数で表したもので、VO2maxとは、運動中に摂取可能な酸素の最大値を表す指標である。どちらも自転車選手にとっては重要な数値で、うちのチームでも定期的に測定している。ただし、いくら数値がよくても技術が伴っていないのでは意味がないし、本番のレースではいかにパワーを使わずに体力を温存しながら走るかのほうが重要で、それが僕には出来ていない。

監督は僕の伸びしろに期待をかけてくれているのかもしれないが、でも……。

しばらく僕の顔を見ていた澤井監督が、ぼりぼりと短髪の頭を掻《か》いてから、

「高畑におまえを残してほしいと言われたんだよ」と、予想もしていなかったことを口にした。

「それ、どういうことですか」

「いいか、これから俺が言うこと、高畑にはもちろん、誰にもしゃべるなよ」

怖い目で念を押され、僕は一も二もなくうなずいていた。

5

僕がエルソレイユ仙台キャプテンの高畑さん、そして監督の澤井さんと初めて会ったのは大学三年の春、ゴールデンウィークだった。

陸上トラック競技の新しいシーズンがすでに始まっていた。だが、そのころの僕はすっかり調子を崩していた。脚の怪我は完治していたのだが、なぜかタイムが出ない。自分でもリズムに乗れていないのがわかった。完全にスランプに陥っていた。

いま振り返ってみると、リハビリで乗っていた自転車がスランプの原因を作っていた可能性が高い。

運動選手の故障後のリハビリに、エアロバイクや自転車が有効なのは確かなのだが、間違った方法でやりすぎると、やはりマイナス面があるように思う。

スキーやスケートの選手が夏場のトレーニングに自転車に乗るのはよく知られているが、それが効果的なのは、有酸素運動であることに加えて、使う筋肉が似通っているせいだろう。

最近は、トレーニングに自転車を取り入れている長距離陸上選手も少しずつ増えてきている。だが、細胞内のミトコンドリアの増加や筋肉の毛細血管の発達をうながすための、比較的低強度のトレーニングだったり、気分転換を兼ねて疲労を抜くための、いわゆるアクティブレストだったりするのが普通だ。

あるいはトライアスロンの選手。トライアスロンは、スイム、バイク、ランの三つの種目をこなすので必然的に自転車のトレーニングも行うけれど、求められるのは一定強度でのペーシングだ。それに加え、三種類の運動を並行してのトレーニングが日常になっているので、最初からバランスよく身体《からだ》が順応、発達していくはずだ。

それに対してたぶん僕は、自転車でのリハビリ中、入れ込みすぎて――一にも二にも心肺機能を低下させたくなかったから――必要以上に高い強度で自転車のペダルを踏んでいたのだと思う。怪我の状態がよくなってきたところで、頻繁にインターバルトレーニングをしたり、限界まで追い込む練習を繰り返したりして。

自転車はランニングより身体にかかる負担が明らかに少ない。ロードバイクそのものに慣れてくるにつれて、かなり強度を上げて追い込まないと物足りなくなってきたのだ。いや、本当のところは、強度の高い練習をランニングで再開したら、またしても怪我を招くのじゃないかと、内心で怖かったのだと思う。

自転車なら相当きついところまで追い込んでも大丈夫だという安心感と引き換えに、長距離ランナーとしては重視する必要のない無酸素運動領域のトレーニングの比率を、無意識のうちに増やしてしまっていたのだろう。

それに加え、いま振り返ってみると、ロードバイク初心者にありがちなことなのだが、重いギヤを踏みすぎていたきらいがある。

結果、陸上競技シーズンが始まる直前、明らかに僕の大腿部周辺には必要以上に筋肉がついていた。実際、穿《は》いていたジーンズがきつくなって買い替えた。筋肉量の多さは長距離ランナーにとっても決してマイナスではないのだが、他の部分とのバランスを崩しては本末転倒である。

そこが実は微妙なところで、僕がたとえばマラソンでオリンピックに出られるような遺伝的素質を持ったアスリートであったなら、遅筋の割合が速筋よりも圧倒的に多いだろうから、そう簡単には筋肥大せず、身体のバランスが妙な具合に偏ることはなかったはずだ。つまり、そういう観点から見ると僕の場合、長距離ランナーとしてトップアスリートになるのは、最初から難しかったという話になる。

ともあれ、そのころの僕は、そうしたあれこれに気づいておらず、なにがなんだかわからなくなって、負のスパイラルに陥っていた。

原因不明のスランプは、ひどく気分を滅入《めい》らせる。

そんな時だった。遊びだと思って気分転換にレースに出てみないかと、自転車でのリハビリを勧めてくれた同級生に誘われた。

聞いてみると、春と秋の年二回、栃木県の茂木町《もてぎまち》にあるサーキットでエンデューロ――自転車による耐久レース――が開催されていて、そいつが所属している自転車競技部も毎年参加しているという。

確かにいい気分転換になるかもしれない。そう思い、僕も参加することにした。

実際に参加してみて、まずはレースの規模の大きさに驚いた。さまざまなカテゴリーにクラス分けしてあるのだが、参加総数が三千名に達するような、一種のお祭り的なイベントだった。

僕が出走したのは、同級生がエントリーしたのと同じ、四時間ロードソロ。つまり、ロードバイクで四時間を一人で走り切るクラスだった。最も人気のあるカテゴリーで、七百名近くが同じクラスにエントリーしていた。

実際のレースは、途中での選手交代が認められているチームでの参加もあれば、一人で七時間走りっぱなしというクラスもありで、その選手たちが一斉に走り始めるのだから、スタート風景は大規模な市民マラソンのようにかなり壮観なものだった。

スタート直後はさすがにビビって気おくれした僕だったが、二、三周走ったところで慣れてきて、案外楽しくすらなり、その後は自分のペースで走り続けて、無事に完走できた。

その四時間のレースが終了し、ピットに戻っている途中で僕に声をかけて来たのが、エルソレイユ仙台のジャージを着た高畑さんだった。

このイベントには、幾つかのプロチームの選手たちもサポートライダーとして参加するのが恒例となっており、エルソレイユ仙台も毎年参加しているというのは、あとで知ったことである。

四時間走りっぱなしは、さすがに疲れた。そう思いつつも、完走を果たした爽快感を覚えながら自転車を引いている僕の隣に、自分の自転車を寄せて、

「こんにちは。仙台からの参加ですか？」と、高畑さん——そのころは顔も名前も知らな

かったのだが──が尋ねてきた。

その時、僕が着ていた自転車用のジャージは、自転車と同様、同級生からの借り物だったのだが、エルソレイユ仙台の二年前のチームジャージだった。どのプロチームにおいても、チームジャージの販売は貴重な収入源の一つになっている。

たぶん着ているジャージが目に留まったんだな、と理解した僕は、プロの自転車選手から声をかけてもらえたことに緊張しつつ、

「はい、そうです。仙台です」と返事をした。

「学生さん？」

「はい」

「もしかして、レースは初めて？」

どうしてわかるんだろ、と思いつつも、

「ええ、初めてです」僕が答えると、

「自転車以外、なにかスポーツをやってるんですか」重ねて質問された。

「陸上をちょっと、というか、そっちがメインです」

「長距離？」

「ええ、まあ……」

ふーん、とうなずいた高畑さんが、

「二、三分だけでいいんだけど、時間あるかな」と訊いてきた。

「はあ……」

曖昧な返事をした僕が半ば強引に連れて行かれた先が、パドック内に停めてあったエルソレイユ仙台のチームカラーであるオレンジ色に塗装された、ド派手なハイエースだった。高畑さんがドアを開けると、車内からサングラスをかけたちょっと怖そうな人が出て来たのだが、それが澤井監督だった。

半分拉致されたような状況に戸惑っている僕に、まずは自己紹介した高畑さんが、こちらはうちのチームの監督、と言って澤井さんを紹介した。

かけていたサングラスを頭の上にずらし、いったいどうしたのだ？　こいつ誰？　という顔つきをしている澤井さんに、高畑さんは僕を連れて来た理由を話し始めた。

二人の会話の内容は、そのころの僕にはよく理解できない部分も多かったのだが、要約するとこういうことだ。

サポートライダーには、参加選手と一緒に走りながらトップ集団のペースを作る役割もあって、この時の高畑さんは何人かのプロライダーと一緒に先頭交代をしながら、ペースメーカーをしていた。

アマチュアサイクリストが参加するエンデューロといっても、トップクラスの選手となると、かなり速い。しかも、同じコースを何十周もするので、レースが進行していくにつれ、周回遅れの選手がどんどん出てくる。

先頭集団を引き連れながら走っていた高畑さんは、エルソレイユ仙台の以前のチームジャージを着て走っている、かなり妙な選手がいるのに気づいた。どう妙だったかというと、先頭集団よりも少しだけ遅いペースで二十名ほどの集団の先頭で走っているのだが、どうも自分が先頭を引いているとは気づいていない様子だった。その後しばらく周回を重ね、二周遅れにする際も同じ光景を高畑さんは目にした。

それで気になり、先頭集団のペース作りは他のサポートライダーに任せて、その妙な選手を追いながら、観察を始めてみた。

そのライダーには、ほかの選手を風よけにするという発想がまったくないようだった。二十名から多い時では三十名あまりの集団を引き連れて淡々と走っている。背後についている選手たちが脱落したりピットインしたりして途中で入れ替わっても、本人はどこ吹く風。常に先頭で、しかもそこそこ速いペースで走り続け、結局そのまま四時間を走り切ってチェッカーフラッグを受けてしまった。

なんだかずいぶん妙な奴だなあと興味を惹《ひ》かれ、ゴールしたあとで声をかけてみたのが僕だった、というわけだ。

そんな説明を高畑さんから聞いた澤井さんが、車の中からタブレットを取り出し、僕のジャージに安全ピンで留めてあったゼッケンを確認した。

タブレット上で指を滑らせてなにかのアプリを開いた澤井さんが、ほう……と声を漏らした。

タブレットを見せられた高畑さんが、

「やっぱりですか。こりゃちょっと、すごいかも」と感想を口にする。

「それ、なにを見ていらっしゃるんですか」

僕が尋ねると、今走ったばかりのレースのラップタイムと順位だとのこと。レースに出走する際、主催者から配られた計測チップを自転車に取り付けておくことになっているのだが、その情報をリアルタイムでチェックできるアプリがあるのだという。

「ほら、これが、きみ、コバヤシ、えーと、ミナトくんで読みはいいのかな？　これがきみのラップタイムと順位のグラフ」と言って、澤井さんがタブレットを見せてくれた。

走っている時は、自分がどのくらいの順位にいるのか、さっぱりわからなくなっていた。ペースがそれぞれ違う四時間と七時間の選手が入り乱れ、常時千五百台あまりの自転車がサーキットをぐるぐる走り回っているのだから、先頭集団を走っているのでもない限り、自分の順位を把握するのは不可能である。

へえ、そんなアプリがあったんだ、と感心しながら覗《のぞ》き込んだ僕の順位はというと、トップから三周遅れの二十三位。完走者数が六百五十名ほどでのその順位だから、まあまあ、いや、かなりいいほうではあるのだが、別にプロのレースじゃないのだからこんなものだ

「きみ、レースに出たのは初めて？」

高畑さんに訊かれたのと同じ質問を澤井さんがした。

「はい、初めてです」

「なにか別のスポーツはやってる？」

また同じ質問だ。

「ええ、陸上の中長距離を」

「それがどうして自転車のエンデューロなんかに」

二人とも初対面ではあったが、あまりに熱心に訊かれるので、怪我のリハビリに乗り始めたことや、陸上のほうがスランプ気味なことまで、気づいたらしゃべっていた。しゃべらされていた、とするほうが当たっていたかもしれないけれど。

話を聞き終えた澤井さんが、もう一度タブレットで僕の記録ページを見せながら言った。

「ふつうは三時間を過ぎたあたりからラップタイムが落ちてくるものなんだが、きみの場合、ほら、最初のほうと全然変わっていないだろ。スタート後の三周は別として、それ以後はゴールするまで一定で、ほとんどばらつきがない。で、それにともなって、残りの一時間で順位がどんどん上がっている。しかもうちの高畑の話だと、ずっと一人引き……と言ってもわからないか。つまり、単独で走っているのと同じ状態で走り続けていたわけだ。ここまでの走り、なかなかできるものではないよ」

「いや、でも、ペースを刻むのは、陸上でとりあえず慣れていますから」

「それにしても、なんでまた、いつも先頭を走っていたのかな」

「特別な理由はないです。えーと、リハビリで自転車に乗っていた時は、いつも一人で走っていたので、すぐ前に誰かにいられると、怖いというか落ち着かないというか……」

なるほど、とうなずいた澤井さんが、

「きみ、自転車の才能が絶対にあるぞ。興味があるようだったら、うちのオフィス、仙台市内にあるから、冷やかし半分でかまわないんで遊びに来てみるといい」そう言って、名刺を僕に手渡した。

「はあ、ありがとうございます」とだけ言ってその場は別れたのだが、その一ヵ月後、僕はエルソレイユ仙台のオフィスを訪ねていた。

相変わらずスランプが続いていたのと、エンデューロに出ていた自転車競技部の誰よりも速かったことが、僕をその気にさせた。もしかしたら、陸上よりも自転車のほうが向いているのかもしれないと、そんな期待を自分にかけてしまったのである。

結局僕は、陸上競技部を退部してエルソレイユ仙台の下部育成チーム、ソレイユ仙台のトライアウトを受けさせてもらって合格した。そして、大学三年の夏から四年にかけてのシーズンは、Ｊプロツアーの下に位置づけられているＪエリートツアーを中心に、アマチュアとして走った。

陸上競技の蓄積があったおかげだろう。一番下のクラスでの初レースでは、残り距離三分の一で先頭に出たあとは、そのままぶっちぎりの独走で優勝した。それを緒戦にとんとん拍子で上のクラス――三段階になっている――に昇格していったのだが、途中でさすがに頭打ちになってきた。その典型が全日本選手権U23個人ロードレースで、せっかく出場権が得られたというのに、散々な結果に終わり、惨敗した。

なのに、今シーズン、プロチームであるエルソレイユ仙台の一員としてJプロツアーを走ることになったのは、全日本選手権の個人ロードレースでは惨敗だったものの、個人タイムトライアルでは、自分でも驚いたのだが六位入賞という成績を収めたことによって、澤井監督からチーム入りを打診されたからだった。

そのころにはさすがに僕も、自転車ロードレースの選手として食っていくのはとても難しいことは知っていた。しかも、将来の保証はなにもない世界だ。金銭面だけでなく、野球やサッカーと違い、プロ選手としての地位自体が日本では確立されていない。僕らの練習風景を見かけて競輪選手だと勘違いする人が、いまだに圧倒的多数だろう。

最終的に僕の背中を押したのは、大学四年の夏休みに受けた教員採用試験に落ちていたという現実だった。臨時講師としてどこかの学校に勤務しながら翌年の教員採用試験に再チャレンジするか、それとも自転車の世界に挑戦してみるかの二者択一を迫られた。

自分の可能性に懸けてみたい。

今だから追える夢を追ってみたい。

チャレンジするとしたらこれが最後のチャンスだ。

二十二歳の若者らしく、そう僕は思った。そして、自転車選手として成功する可能性は皆無ではないとも思った。競技を始めてわずか一年での、全日本選手権U23におけるタイムトライアル六位という成績は、決して悪いものではない。

しかし、国内のトップ選手たちのなかにあっては、そんなものはなんの看板にもならないことを、この一年間でいやというほど思い知らされたのだった。

6

高畑さんが僕をチームに残してほしいと言った――そう口にした澤井監督が続ける。

「チーム監督とはいえ、実際にレースがどう動いているのか、現場で起きていることは、ほとんどわからないと言っていい。そりゃそうだろ？　自分が自転車に乗って集団と一緒に走っているわけじゃないからな。チームカーに乗って後ろから追いかけているだけでは、それぞれの局面で自チームの選手がどう動いていたか把握するのは、物理的に不可能だ。で、どこのチームの監督もやっていることだが、レースの終了後、現場でなにが起きていたかを選手から聞いて情報収集している――」そこでいったん言葉を切った監督は、

「だがな、集めた情報がどれだけ正確なものか、客観性のあるものかとなると、これがまたなかなか判断が難しい。当然のことなんであえて言うが、人間だれしも自分をよく見せたがるし、ミスは隠したがる。あるいは、チーム内の人間関係も微妙に影響する――」そうだろ？　と目だけで僕に同意を求めたあとで続けた。

「そこへいくと、うちの高畑は全面的に信頼できるキャプテンだ。偏ることなく、冷静にチームの選手たち全員を見ている。その高畑からの、おまえへのアシストとしての評価は、シーズンを通して、一貫して高かった」

「はあ……」

そこで澤井監督は、別のファイルを呼び出し、「こいつは今シーズンのレースごとの、おまえのパワーデータだ」と言って、グラフと数字でびっしり埋まったディスプレイを指さした。

僕ら選手が乗っている自転車には、パワーメーターが取り付けられている。エルソレイユ仙台では、四年前からパワーメーターを導入し始めた。チーム発足と同時に導入しなかったのは、資金的にそれだけの余裕がなかったかららしい。

パワーメーターによって、練習、あるいはレースにおいて、刻一刻と変化する状況のなか、各選手がどれだけの出力で走っていたかのデータが正確に取れるのだが、それを細かく解析するのは、選手ではなくトレーナーや監督の仕事だ。

「このデータを解析すると、レース中の個々の選手の仕事量を把握できるのはおまえも知っての通りだ。細かいことはいちいち説明しないが、少なくとも湊人の場合、手抜きをしていたレースはないことがわかる。つまり、高畑のおまえに対する評価と、データ解析の結果は食い違っていないということだ。で、結論を言ってしまえば、うちのチームのアシスト選手として考えた時、小林湊人のほうが佐山紘一郎《こういちろう》よりも、ずっと使い勝手がいい。だから俺は、おまえをチームに残すことにした。そういうことだ」

喜んでいいのか悪いのか、ちょっと微妙な言葉だった。アシストとしての高評価を監督やキャプテンから得られていたことは素直にうれしい。しかしその反面、それ以上のものは特に期待されていないという話にもなる。

「まあ、いまの俺の話、おまえにとっては、ある意味、身もふたもないものであるのは確かだと思う。だから一つだけ、純粋に褒めておこう」

真顔でそう言った監督は、パソコンに向き直り、最初のファイルを再び表示させた。

「この列がなにを意味しているかだが――」と言いながら、カーソルを合わせて説明する。

「事前の作戦で逃げに乗るように指示したレース中、うらのチームが逃げに乗れたか、乗れたとすれば誰が逃げに乗ったかを表している。で、ちょっとした驚きではあるのだが、湊人、おまえの逃げの成功率は異常なくらいに高い」

「はあ……」

サイクルロードレースで言う「逃げ」を説明するのはなかなか難しい。百数十名の選手が一斉にスタートし、数十キロから百キロメートル、時には百五十キロから二百キロメートル先のゴールを目指して争うわけだが、最初から最後まで全力でペダルを踏み続けるのは生理学的に無理。つまり、モータースポーツでよくあるような、スタートからのポール・トゥ・フィニッシュのように、終始独走で勝つのは不可能だ。

すべては自転車にとって最大の敵、空気抵抗の存在のせいである。

たとえば、前に誰もいない状態で走る時に必要なパワーを一とすれば、その後ろについて空気抵抗を減らすことで七〜八割程度の力で、さらに集団の中に埋もれてしまえば、五〜六割のパワーで走ることが可能になるのだ。

空気抵抗という変えられない物理法則により、大きな集団で走ったほうが、より多くの人数での先頭交代が可能になる。つまり、それだけ脚を休めていられる時間が長くなる。その結果、単独で走ったり少人数で走ったりするよりも、大きな集団で走ったほうが有利になるのだ。

その空気抵抗に加えてさまざまな要素がからみ合い、スタートしてから比較的早い段階で、数人から多い場合で十数人の、先行する集団が作られる場合が多い。それが「逃げ集団」と呼ばれるもので、逃げ集団に入ることを「逃げに乗る」と言う。確率的には小さいのだが、時にはそのまま逃げ切って、逃げ集団のなかの誰かが勝利するケースもあるので、個々の選手にとっても、逃げに乗るメリットは十分にある。

ともあれ、逃げ集団が形成されることで、後続の大きなメイン集団が基本的には絶対的に有利——そうしようと思えば、計算ミスをしない限りいつでも逃げ集団に追いつくことができる——なために、結果として無秩序なバトルが回避され、それぞれのチームや選手が、それぞれの思惑にのっとってのレースが可能になるのだ。

もちろん、なかなか逃げが決まらず、終始バトルの続きっぱなし、という荒れたレースもある。あるいは、下のクラスのエリートツアーの場合は個人戦が基本となるため、明確な逃げ集団はできずに、弱い選手のふるい落としが続くサバイバルレースの様相を呈することも多い。

「俺も長いこと選手をやってきたし、海外でのレースも経験してきた。だから、逃げに乗れるかどうかが一種の博打《ばくち》みたいなものであるのは、身に染みてわかっている。逃げに乗りたいからって、そう簡単に乗れるものじゃない」

「………」

「そこで、逆に俺のほうから聞きたいんだが、なにか逃げに乗る秘訣《ひけつ》のようなものはあるのか？　高畑も、おまえに関して、その点だけはよくわからないと言っていたもんでね」

「えーと、逃げに乗れという監督の指示だったから、とりあえず逃げてみただけなんですけど……」

「それだけ？」

「ええ、まあ……」

やれやれ、と肩をすくめるような仕草をしたあとで監督が言った。

「高畑が言っていた通りかもしれんな」

「高畑さん、なんと言ってたんですか」

「もしかしたら逃げの天才かもしれない。そう言っていた」

「僕がですか？」

「もしかしたら、という留保付きではあったけどな」

そう言って、澤井監督は意味ありげに頬をゆるめた。

7

エルソレイユ仙台の残りの二人のメンバーが誰になるのか、それが明らかになったのは、僕ら残留組の契約更改日から四日後だった。

明らかになったというより、判明したと言ったほうが正確かもしれない。チームが正式なプレスリリースを予定していた前日、その情報がインターネット上に流出して大騒ぎになったからだ。

日本国内ではあくまでもマイナースポーツに位置づけられるサイクルロードレースである。大騒ぎになったといっても、ロードレースと自転車関連の話題に特化しているブログやサイトでの話ではあるが、それでも、チームからの正式な発表がある前に話題になるのは異例なことで、それ自体が大ニュースだと言える。

理由は一つ。にわかには信じられないような超大物選手が、エルソレイユ仙台に加入することになったからだ。

梶山浩介。

サイクルロードレースのファンで、その名前を知らない者はいない。今から十六年前の二〇〇二年、二十歳でヨーロッパに渡り、最初は日本企業系のチームで二年間走ったあと、フランスのコンチネンタルチームで走り始めた。ちなみに、Jプロツアーに登録している二十チーム前後のうち、UCIコンチネンタルチームとして登録しているのは、エルソレイユ仙台を含めて十チームほどで、他はすべてクラブチームである。先日のミーティングで澤井監督が来季も八名体制で行くと明言したのは、コンチネンタルチームとしての登録にはUCIの規定で八名以上の選手登録が必要となるからだ。

フランスのコンチネンタルチームにおいても梶山さんはすぐに結果を出し、二年後、二十四歳でフランスのUCIプロフェッショナル・コンチネンタルチーム——日本での通称はプロコンチネンタルチームあるいはプロコンチーム——へと移籍した。名前だけ聞くと大差がないように思うかもしれないけれど、コンチネンタルチームとプロコンチネンタルチームとでは、さまざまな面で雲泥の差がある。そもそも、プロコンチネンタルチームは世界で二十数チームしか存在しておらず、日本国内には一つもないのが現状だ。

そうしたピラミッドの頂点にあるのが、UCIワールドチームなのだが、梶山さんは初めてツール・ド・フランスに出場して完走した翌年、二十九歳でワールドチームから声がかかって移籍した。それ以来、今シーズンまで常にワールドチームに籍を置き、ツール・ド・フランスにはこれまでに八回出場していずれも完走を果たしているという、いわばレジェンド的、いや、僕なんかにとっては神様的な存在なのである。

その梶山さんが今シーズン限りで引退するという、とても残念なニュースが海の向こうから伝わって来たのが今年の九月の終わりで、毎年十月に開催される「ジャパンカップ」が梶山さんの引退レース——日本人選手最高の三位に入った——になったはずだった。

それだけの選手なのだから、当然その後の去就が自転車界では注目されていた。ところがなぜかその後、いっさい表に出ることなく時間が経過していたので、長年の選手生活にピリオドを打ったことでいまはゆっくり休養を取っているのだろうと、誰もが想像していた。

そこへもってきての突然の現役続行、しかも、国内プロチームとしては新参者であるエルソレイユ仙台への加入なのだから、サイクルロードレース界で大騒ぎにならないわけがない。

この話、ネットで騒がれるまで僕は知らなかったので、文字通り青天の霹靂《へきれき》だった。というより、あの梶山さんとチームメイトになるのだという実感がまったく湧かない。どこか別の世界の話のように現実感が希薄、とでも言ったほうがよいだろうか……。

このこと、ほかのメンバーはもう知っているのだろうかと思い、とりあえず悠に連絡をしようとしていたところで、葛西さんから電話があった。

エルソレイユ仙台の新体制を明日、正式発表する。その後、スタッフを含めて全員参加のミーティングを開く。梶山選手加入の件が漏れてしまったことで、外部から接触があるかもしれないが、明日のミーティングが終わるまではなにもコメントをしないように、できれば選手間でも連絡は控えてほしい、という指示だった。どうやら葛西さんは、選手たちに順番に電話をかけているらしく、用件だけを伝えて慌《あわただ》しく通話を切った。

悠に連絡をするのはよしとこうか、でも、できれば控えてほしいという指示で、絶対にダメだと釘を刺されたわけではないし、と迷っていると、手にしていたスマホがＬＩＮＥの着信音を鳴らした。

三橋さんからの送信、いや、正確には、三橋さんが新たに作ったグループからの招待だったのだけれど〈梶山さんの加入の話、誰か知っていた？〉と、いきなりの質問だった。トークルームのメンバーをチェックしてみると、チーム残留組の六名だけのグループだった。そうしているうちにも〈知らなかった〉〈寝耳に水とはこのこと〉〈知らなかったです〉と、桜井さん、原田さん、悠と、高畑さん以外のメンバーがグループトークに次々と参加し始めた。スルーするわけにもいかないなと思い〈さっき知ったばかりでビックリです〉と送信すると、それを待っていたかのようにトークが始まった。

〈デマじゃないよな〉

〈葛西さんから電話があったからデマじゃない〉

〈僕には電話来てないですけど〉

〈順番にかけているからだと思う〉

〈それにしても、なんでうちのチームになんか。普通、あり得ない〉

〈監督が選手時代、梶山さんと一緒に走っていたんじゃなかったっけ?〉

〈それ、ほんとうですか〉

〈僕にも葛西さんから電話です、ちょっと離脱します〉

〈確か、澤井監督が梶山さんに声をかけたのがきっかけだったはず。俺はそう聞いているけど〉

〈そういえば、何年か前の梶山さんのインタビュー記事にもそのことが書いてあった〉

〈じゃあ、今度も監督が声をかけたということかな?〉

〈状況が違いすぎだろ。いくらなんでも当時と今とじゃ。監督には悪いけど、今の梶山さ

んは雲の上の人だから〉
〈でも、先輩は先輩である以上、それはあり得る話だと思う〉
〈葛西さんから連絡を取り合わないように電話で言われましたけど〉
〈できれば、っていう話だから問題なし〉
〈とにかく、佐山と藤浦さんの件、これで理由がはっきりしたわけだ〉
〈ところで、もう一人の新加入は誰だろ？　誰か知ってる？〉
〈知らない〉
〈検索かけてみたけど、なんの情報もなし〉
〈誰も知らないみたいですね〉
〈昼飯か晩飯、どこかに集まろうか〉
〈それはさすがにまずいかと……〉
〈確かに、明日まで大人しくしていたほうがいいだろうね〉
〈今気づいたんだけど、梶山さん、すでに仙台入りしているということ？〉
〈葛西さんが、明日、新体制でのミーティングを開くと言っていましたから、たぶん〉
〈そうだった。ということは、明日、梶山さんと会うんだ、俺たち〉
〈めちゃくちゃ緊張しそうです〉
〈会うだけじゃなくて、同じチームで走ることになるなんて信じられないな〉

〈現実とは思えない〉

〈同感〉

といった具合に、結局とりとめのないトークになっただけで、葛西さんから電話で伝えられた以上のことは何一つわからないまま、〈とりあえず明日まで待つしかないみたいだな〉〈じゃあ、明日〉〈オーケー〉に次いで、各自が適当にスタンプを送信して、グループトークは自然に終了した。

スマホを手にしたまま、アパートの窓から屋外に視線を向けると、すっきりした青空が広がっていた。

時刻はまだ午前十時に差し掛かったばかりだ。

今日は完全休養日にしようと思っていたのだが、やっぱり軽く走ることにして、寝転がっていたベッドから降りて、自転車用のウエアに着替え始める。

身支度が終わったところで、防水ポーチに収めようとしたスマホを、気になってもう一度チェックしてみた。さっきのグループトークに高畑さんは参加していなかったのだが、僕の送信に対する既読数は五。トークの様子はチェックしていたけれど、あえて発言はしなかったみたいだ。

やっぱり高畑さんは、梶山さんの件も知っていたのかもしれない。

監督や葛西さんから全面的に信頼されている高畑さんであるからそれはありだろうし、

そもそも僕がどうこう言うような問題ではない。

そう思いつつもどこかすっきりしないものを残しながら、狭い1Kアパートで室内保管している自転車を、専用のスタンドから取り外した。

8

僕らは、サイクルライフ仙台の会議室で、記者会見を終えてオフィスに戻って来る四人を待っていた。

四人というのは、ゼネラルマネージャーの葛西さん、チーム監督の澤井さん、今日の記者会見の目玉である梶山さん、そして梶山さんと一緒にエルソレイユ仙台に加入することになった新人の岡島陸《おかじまりく》の四名である。

岡島陸はエルソレイユ仙台の下部育成チーム、ソレイユ仙台からの加入で、今年二十一歳の若手選手だ。たまに一緒に練習するので、陸のことは僕もよく知っている。性格的には穏やかで大人しいのだが、その実、かなり芯が強くて負けず嫌いな奴だ。梶山さんの加入の件でちらりとも話題に出ることはなかったけれど、なるほど、と誰もが納得できる陸のチーム入りだった。

自転車トラック競技出身の陸は、ジュニア時代に日本代表のメンバー入りも経験している実力者で、今年の「全日本選手権U23」の個人タイムトライアルでは、途中での落車《らくしゃ》——自転車競技では転倒することを落車と呼ぶ——さえなければ表彰台に上っていたはずだ。

で、今日のプレスリリースは、当初はファクシミリと電子メール、ウェブサイトへの掲示だけですませる予定だったらしい。ところが、昨日のネットでの大騒ぎで、地元の新聞社やスポーツ紙、自転車雑誌といったメディアから直接問い合わせがあった。そこで、急きょ記者会見の形で行われることになり、会見の会場となった地元新聞社の社屋に四人は朝一番で行っており、その帰りを僕らはそわそわしながら待っていた。

四人がオフィスに戻る予定時刻の午前十一時を十分ほど過ぎたところで、会議室のドアが開いた。

葛西さんを先頭に会議室に現れた人数は、四人ではなく六人だった。

ホワイトボードを背にして、葛西さん、澤井監督、梶山さん、陸の四名の隣に並んだ二人は、ともに女性だった。

一人は、からし色のワンピースに身を包み、日本人離れした派手な雰囲気を漂わせている五十代くらいに見える女性。その隣に立っているショートカットの女性はだいぶ若い。僕と同じか少し上くらいだろう。髪型のせいか、ボーイッシュな感じのするなかなかの美人さんだ。グレーのスーツを着ているので、隣の女性とはだいぶ雰囲気が違うが、よく見ると顔立ちが似ている。もしかしたら親子かも、と二人を見比べて思った。

だが、六人が姿を見せた瞬間から、ほとんどの時間、僕の視線は梶山さんに張り付いている。正真正銘本物の梶山浩介選手と同じ空間にいるのだと、何度となく自分に言い聞かせつつ……。

テレビのツール・ド・フランスの映像以外で直接梶山さんを見たのは、今年のジャパンカップでの一度だけで、もちろん、会話どころか挨拶もできていない。うちのチームで監督と葛西さん以外に梶山さんと面識のあるのは、ヨーロッパでの選手経験がある高畑さんだけのはずだ。

葛西さんが、梶山さんと陸を紹介し、二人がそれぞれ簡単な挨拶をしたあと、引き続いて女性二人の紹介に移った。

年配の女性の名前は、佐久間美佳さん。エルソレイユ仙台の新たなメインスポンサーとなった会社の経営者とのこと。会社名は「ヴィーノ・デル・ソル」。「太陽のワイン」という意味のスペイン語だ。その名前の通り、ワインのネット通販が業務内容で、十五年前に創立して以来順調に売り上げを伸ばし、いまでは最大手に数えられるまでに成長していると、葛西さんが紹介した。

僕らのチーム名が「太陽の翼」を意味するフランス語だから、これでダブルの太陽である。チームジャージのロゴがローマ字で入るとしたら、かなりかっこよくなりそうだ。自転車チームのメインスポンサーがお酒の販売会社というのは、人によっては眉を顰《ひそ》めるかもしれないけれど、最終的にどういう判断でスポンサー契約をしたのかは、僕のような一選手が心配することではないだろう。

それにしても、本社が仙台ではなく東京にある会社が、なぜうちのチームのメインスポンサーに名乗りを上げたのか。美佳さんの挨拶を聞いて、よくわかった。

美佳さんは、自身が学生のころから自転車ロードレースのファンだったという。当時、日本で初めてツール・ド・フランスを放送したNHKの番組で、グレッグ・レモン——アメリカ人で初めてツール・ド・フランスを制した選手——のファンになったのがきっかけだったとのこと。で、梶山さんが最初にツールに出場して以来、毎年、現地に応援に行っているというから、筋金入りの熱狂的なファンであるようだ。

そして、隣の若い女性、佐久間瑞葉《みずは》さんは、やっぱり美佳さんの娘だった。その娘さんがなぜこの場にいるかというと、アシスタントマネージャーとして葛西さんの補佐役をすることになったからだとのこと。葛西さんの説明によれば、梶山選手の加入に伴ってヴィーノ・デル・ソル以外にも新たなスポンサーの参入が見込まれるのと、これまで以上にメディアや外部との対応を充実させる必要があるので、スタッフを一名増やすことにしたのだという。

いずれにしても、梶山さんの去就が大きく影響したのは間違いなさそうだ。おそらく、梶山さんのエルソレイユ仙台への加入と新たなメインスポンサーの獲得、そしてチームスタッフの増員は、すべて連動していたに違いなく、この状況は、ビジネスに関しては素人の僕から見ても明らかだ。言葉を選ばないならば、むしろ、あからさま、と言うべきか……。

ともあれ、こうしてエルソレイユ仙台の、来シーズンに向けての新体制が決まった。

選手以外の残りのスタッフは、これまで通りで、メカニックの須藤《すどう》さんにチームマッサーの山下《やました》さん。ただし、この二人はフルタイムの専属スタッフではない。須藤さんはサイクルショップの社長さんで、以前から澤井監督とは親しい。というのも、澤井監督がヨーロッパで選手生活をしていたころ、須藤さんもチームは違っていたがヨーロッパでメカニックをしていたからだ。実は、エルソレイユ仙台の母体となったクラブチームを立ち上げたのが須藤さんだった、というわけで、この世界、時をさかのぼっていくと、どこかで必ずつながるみたいだ。

僕らのチームの自転車は、サイクリングベースの隣にある須藤さんのショップで面倒を見てもらっている。で、レースがある際には、ショップのほうは従業員に任せて須藤さんがチームに同行する、というシステムを取っていた。

チームマッサーの山下さんは、自分でもロードレースの経験がある整骨院の院長先生である。レースの終了後、あるいは必要に応じて、僕ら選手は山下さんの整骨院でケアをしてもらっているのだが、「ツアー・オブ・ジャパン」や「ツール・ド・北海道」のような、何日間かにわたって開催される、いわゆるステージレースの際にだけ同行する。

もっと大きなチームだと専任のメカニックとマッサーを置いているのだが、エルソレイユ仙台の現状ではこれが限界だ。だからよけいに、梶山選手の加入は大事件なのである。

須藤さんと山下さんに続き、僕ら残留組六名の紹介と挨拶が終わり、澤井監督から来シーズンに向けての簡単な抱負が述べられたあと、全体でのミーティングは終了した。

その後、短い休憩を挟んで監督と選手だけのミーティングが持たれたのだが、なんとなく僕が予感していた通り、決してなごやかとは言えない時間になった。

9

「最初にひとつ、いや、ふたつばかり報告がある――」

選手と監督だけのミーティングの冒頭で、澤井監督はそう切り出した。

「ひとつは佐山の件だが、群馬ギャラクティカへの移籍が決まった。で、ふたつめは藤浦。藤浦は年明けからベルマシーヌでメカニックとして働くことになった。まあ、出戻りというわけだが、それとあわせてソレイユ仙台の監督をしてもらうことで話がまとまった」

おおっ、というどよめきが、残留組のチームメイトから上がった。驚きというよりは、僕もそうだったのだけれど、よかった、という安堵《あんど》のどよめきである。

群馬ギャラクティカは、エルソレイユ仙台と同様の地域密着型プロチームで、三年前にできたばかりの新しいチームだ。佐山さんであれば、エースを任されるレースも多いと思う。

フランス語で「美しい機械」を意味するベルマシーヌは、チームのメカニックをお願いしている須藤さんのショップである。澤井監督が、出戻り、と口にしたのは、エルソレイユ仙台が発足する前、藤浦さんはベルマシーヌでメカニックとして働きながらレースに出ていたからだ。そして、藤浦さんがエルソレイユ仙台の下部育成チーム、ソレイユ仙台の監督に就任するというのも適任と言える。これまでは葛西さんと須藤さんが、それぞれのスケジュールをやりくりして二人で監督を務めてきたので、傍《はた》から見ていても大変そうだった。よく考えてみれば、これ以上ないスタッフ編成だ。

佐山さんと藤浦さんがチームを脱退することになり、仕方がないとはいえこの世界って非情だと思っていたけれど、監督も葛西さんも、そしてベルマシーヌの須藤さんも、二人の今後を親身になって考えていたに違いない。この前、佐山さんの件で監督にあれこれ生意気を言ってしまった僕だったが、いまとなってみるとかなり恥ずかしい。たぶんあの時の監督は、ほんとうに青臭い奴だなあと、内心で苦笑していたに違いない。

ともあれ、佐山さんと藤浦さんの件でもやもやしていたものが払拭《ふっしょく》され、いったんは緊張が緩んだミーティングだったが、「来シーズンのチームキャプテンは、これまで通り高畑でいきたい」監督がそう言ったことで再び空気が変わった。

わずかな沈黙のあと、高畑さんが口を開いた。

「キャプテンに指名してもらえたのは嬉しいんですが、私よりも梶山さんのほうが適任なのじゃないかと……」

高畑さんにしては珍しく、戸惑いを伴った口調だ。

おそらくは梶山さんの加入を知っていただろう高畑さんだが、キャプテンが誰に、というところまでは、監督や葛西さんとは話し合いをしていなかったことが、いまの発言でわかった。

そしてまた、高畑さんの戸惑いは当然のものと言えた。梶山さんの経験と力量を考えれば、それを差し置いて自分がキャプテンになることはあり得ない。僕が高畑さんだとしたら、絶対にそう思う。

もちろん、キャプテンとしての高畑さんに不満があるとかそういうことではまったくなく、それとは次元の違う話なのは、僕のみならず、ほかのメンバーにも共通した認識なのは間違いないはずだ。

高畑さんと僕らの表情を一通り見まわした澤井監督が、

「浩介がチームにいるとキャプテンがやりにくいか？」苗字ではなく梶山さんの名前のほうを口にして、高畑さんに訊いた。

「確かに、ええ……」

高畑さんが困惑気味に答える。

「和哉《かずや》に引き続きキャプテンをしてもらうというのは、俺の判断であるとともに、浩介からの申し出でもある」

梶山さんにしたのと同じように、高畑さんを名前のほうで呼んで監督が言った。

だろ? と監督にうながされた梶山さんがうなずいた。

「俺の存在が負担になるようだったら悪いんだけどさ。でも、頼むよ、和哉――」と高畑さんに親しげに声をかけて、梶山さんが続ける。

「ある程度のチーム事情は澤井さんから聞いているけど、直接俺が知ってるのは和哉だけだもんな。メンバーひとりひとりをよく知っている和哉にキャプテンをしてもらうのがベストだろ。それに最近の国内のレース事情が実際どうなのか、俺、てんでわかっていないし。もちろん、できる限りのサポートはするつもりだからさ。なんとか引き受けてもらえないかな」

堅苦しい挨拶の時とは異なり、びっくりするほどフレンドリーなしゃべり方だった。梶山さんに対して、近寄りがたい人だと勝手なイメージを抱いていたけれど、実際にはとても気さくな人なのかもしれない。

少し考え込む仕草をしてから、高畑さんが答えた。

「わかりました。私でよければ、力不足とは思いますが、チームのために全力で頑張ります」

安堵の空気が会議室に広がった。梶山さんと高畑さんがそう言うのであれば、誰も文句はない。

それにしても今日のミーティング、一瞬緊張が走ったかと思えばそれが急に緩むといった具合で、まるでジェットコースターみたいだ。

「来シーズンのレーススケジュールは年が明けてから具体的に組むことになるが、とりあえず、前半戦の目標を確認しておく」

念を押すように言った澤井監督が、悪戯っぽい笑みを浮かべた。

「まずは、ツアー・オブ・ジャパンでのステージ優勝を狙う」

その監督の言葉に、僕はテーブルに載せていたこぶしを、思わず握り締めていた。

毎年五月の中旬か下旬に開催されているツアー・オブ・ジャパンは、一日で終わるワンデイレースではなく、何日間かにわたって戦われるステージレースで、現在は全八ステージを走る国内で最大規模のサイクルロードレースとなっている。しかもUCIアジアツアーに組み込まれる国際格式のレースであり、出たいと思っても簡単に出場できるものではない。

まずは、コンチネンタルチームであることが出場のための必須条件だ。そのうえで国内チームの出場枠は、最近では七〜八チームプラス日本ナショナルチームしか設けられておらず、なかなかの狭き門である。

エルソレイユ仙台がコンチネンタルチーム登録をしたのは昨シーズンからだったのだが、昨年は出場できなかった。今年、ぎりぎりではあったけれど初出場を果たせた。そして今シーズンは、年間を通してのチーム総合成績を、Jプロツアー登録チーム中六位まで上げられた。よって来シーズンも出場枠に入れることは、ほぼ確定している。

とはいえ、全出場チームの半数は海外からの招待チームである。しかも、国内の強豪チームのいくつかはエース格が外国人選手であるため、日本人選手が表彰台に上るのは難しい。事実、一九九六年から始まったこの大会で、総合優勝を果たした日本人選手は一人しかおらず、一日ごとに決まるステージ優勝者でさえ六名いるだけだ。

だが、来シーズンのエルソレイユ仙台であれば、総合表彰台にからむのは難しくても、どれかのステージでの優勝に絞れば十分に狙える——そう澤井監督は踏んでいるということで、監督がそう考えているのは、もちろん梶山さんの加入があってのことだ。

「で、どのステージに絞って誰がエースで行くか、最終的には直前になって決めることになるが、いまのところは、高畑でステージ優勝を狙うつもりでいる」

そう監督が言った瞬間、背筋がざわりとして肌が粟立った。

ステージ優勝を狙うと口にした段階で、その時のエースは梶山さんだと、僕は当たり前のように考えていた。だが、監督はいま、高畑さんでステージ優勝を狙うと、確かに言った。聞き間違いなんかじゃない。

驚いたのは僕だけではなかったようだ。梶山さんは別として、高畑さんを含めてチームの全員が、神妙と言ってもよいような表情を浮かべている。

神妙、とわざわざ言うのは、僕らは単に驚いただけではなかったからだ。

もともとは地域のクラブチームからスタートした弱小チームが、わずか六年間でトッププロチームと戦えるまでに成長できたのは、ゼネラルマネージャーの葛西さんと澤井監督、二人の情熱と努力があってなのはもちろんだが、選手側の最大の功労者が高畑さんであることは純然たる事実だ。

チーム発足以来ずっとキャプテンを務めてきた高畑さんも、来シーズンには三十四歳になる。ちょうどいまが自転車選手としてのピークの時期と言ってもいい。その高畑さんを国内最大のステージレースで勝たせてやりたいという監督の想いが伝わってきて、僕らは驚き以上の感動を覚えていた。

ほかのチームメイトも、想いはたぶん僕と一緒だ。

このチームに残れてよかった……。

偽りなく僕は思った。

だが……。

「ツアー・オブ・ジャパンでのステージ優勝は、ある意味、前半戦最大の目標の布石でもある。その前半戦最大の目標とは、『全日本選手権』だ。六月の全日本自転車競技選手権大会ロードレースを梶山で狙う。もちろん、梶山の調子によってはエースの変更もあり得る。しかし、いずれにしてもチャンピオンジャージを獲《と》りに行くつもりだ。その目標に向かって前半戦のレーススケジュールを組むことになるので、チーム一丸となって頑張ってほしい」

そう監督が言ったことで、再び僕らは凍りついた。

全日本選手権での優勝を狙うと宣言したのが問題なのではない。問題なのは、梶山さんで、と監督が言ったことだ。

梶山さんほどの実力者であれば、全日本選手権で勝つのも不可能ではない。レースは水もの、の言葉通り、その時の展開や運にも大きく左右されるけれど、梶山さんがその気になれば、優勝の可能性は十分以上にある。

それはよいのだが、全日本選手権での優勝、つまりナショナルチャンピオンになるということは、およそすべての選手にとって、特別な意味を持つ。この世界に入った者の圧倒的多数、というよりほとんどすべての選手が、どんなに望んでも日本チャンピオンにはなれずにこの世界から去っていくことになるのが、厳然たる事実だからだ。

今年の全日本選手権ロードレースにおいて、高畑さんは表彰台にこそ上れたものの三位に終わった。僕がチームに加入する前、昨年はあと一歩というところで二位に沈み、チャンピオンを取り損ねていた。そんな経緯があったので、なんとしても来シーズンこそはチャンピオンに、というのが、高畑さん本人もそうだが、チームの僕らにとっても共通の願いであり、目標でもあった。

だからこそ、全日本選手権の一ヵ月前のツアー・オブ・ジャパンで、高畑さんをエースにステージ優勝を狙うという監督の言葉に、静かな、そして深い感動を覚えたのだった。ツアー・オブ・ジャパンでのステージ優勝の勢いのままに高畑さんが全日本選手権に臨めば、今度こそ日本チャンピオンになれるかもしれない。そのために僕らは全力で高畑さんをアシストする。監督の言葉を聞きながら、僕はそう決意していた。

なのに、どんな意図があって監督は、僕らの想いを帳消しにするようなことを……。

「どうした？　なにか言いたいことがあれば、遠慮なく言っていいぞ」

澤井監督が全員に向かって訊いた。

言いたいことはあった。実際にはとても言えるものではないのだが、自転車ロードレース選手としての梶山さんは、日本人としては考えられる限りのすべてを手に入れた人だ。確かに、ナショナルチャンピオンにこそなっていない。しかしそれは、ヨーロッパでの選手活動を優先していた結果であって、いうなれば、自分から遠ざけていたようなものだ。それをいまさら狙っても大きな意味があるとは思えない。こんな言い方をしたら申し訳ないけれど、決して遠くない将来、引退が待っている身だというのに……。

ちらりと梶山さんを盗み見た。

困ったような顔は全然していない。むしろ、それが当然と受け取っているような落ち着いた表情に……と思ったところで、僕の頭の中に邪推と言ってもいいような疑念がよぎり始める。

梶山さんは、日本チャンピオンの栄冠を花道に引退を考えているとか？　いや、もしかして、ナショナルチャンピオンの称号をヨーロッパのワールドチームへの返り咲きの道具にしようとしている？

そんなことを考えてしまう自分がいやになる。

またしても重苦しい沈黙が満ちた。

澤井監督がなにかを言おうとして口を開きかけたところで、三橋さんが手を挙げた。

「あのー、いまの作戦、逆じゃダメなんでしょうかね……」

三橋さんは、ものすごくしゃべり難《にく》そうに言った。

「逆とは？」

監督に訊き返された三橋さんが、まるで別人になったみたいに、もじもじしながら答える。

「えーと、ツアー・オブ・ジャパンのほうを梶山さんで狙って、全日本はこれまで通りキャプテンに頑張ってもらうと、そういう作戦でもいいように思うんですが……」

それに対し、落ち着いた口調で監督が説明を始めた。

「浩介の加入によって、来シーズンのほかのチームは、相当うちを警戒するようになるだろう。浩介がどんなポジションでレースをするのか疑心暗鬼になるのは間違いない。で、ツアー・オブ・ジャパンでステージ優勝を狙うには、エースの力はもちろんだが、うちのチームで集団をコントロールする必要がある。それを考えた時、浩介であれば間違いなくプロトンを支配できるし、不測の事態にも対応できる。高畑を勝たせるためのスーパーアシストとして、浩介以上の適任はいない。そうだろ?」

確かに監督の言う通りではあった。

ツアー・オブ・ジャパンには、海外のプロコンチネンタルチームも参戦してくる。場合によってはワールドチームが参戦する可能性もある。そんな中にあって、格下の国内コンチネンタルチームが集団をコントロールするのは困難だ。

たとえば、僕なんかがいい位置までポジションを上げようとしても「なんだ、おまえ? うろちょろしてないで大人しく後ろに引っ込んでろ」みたいな感じで、スペースを空けてもらえないだろう。というか、実際に声に出してどやされるのがおちだ。だが、梶山さんがいれば別である。ワールドツアーの第一線で常に走って来た梶山さんが「そこに入っていいか？」と訊けば「もちろんです、遠慮なくどうぞ」という感じであっさりスペースを空けてくれるのは間違いない。

そういう微妙な力学が、サイクルロードレースのプロトン内では働く。簡単に言えば、梶山さんの存在のおかげで、集団内でのエルソレイユ仙台の地位が一段階、いや、二段階くらい上がるのである。

少し間を置いて、僕らの様子を見ていた澤井監督が続けた。

「で、翌週の『ツール・ド・熊野《くまの》』でも、総合優勝を狙って、うちは同様の作戦で行く。その結果、ほかのチームは、なるほど、今年のエルソレイユ仙台は、これまで通り高畑がエースで行くつもりなんだなと、そう考えるだろう。そのままの流れで、高畑でナショナルチャンピオンを獲りに来るに違いないとね。だが、実際には……というわけだ」

そう締めくくって、監督はにやりと笑った。

確かに実現の可能性が高い作戦ではある。

でも……。

「それ、逆でもうまくいきそうな気がするんですが」

僕が考えていたのと同じことを三橋さんが口にした。

「いや、いま俺が言った作戦のほうが、実現の可能性はずっと高い」

「それはそうかもしれないですけど……」

さすがに三橋さんもその先は言えないようで、途中で口ごもった。

またしても落ちた沈黙を破ったのは、梶山さんだった。

「澤井さん、いいですよ、自分が悪者にならなくたって」

悪者ってどういうこと？

意味がわからず内心で首をかしげていると、梶山さんがメンバーのほうに身体を向けて言った。

「みんなも知っていると思うけど、俺、日本チャンピオンにはなっていないんだよね。十年前に一度出走したけど、その時は澤井さんにチャンピオンを持って行かれちゃってるじゃん？　まあ、それはどうでもいい話なんだけど、現実問題として、そう何年も現役を続けられないと思うしさ。やっぱり、引退の前に一度はチャンピオンジャージを着てみたいんだよね。で、エルソレイユ仙台への加入の条件にそれを入れさせてもらったわけ。もちろん、みんなが和哉をチャンピオンにしたがっているのは知っている。でも、悪いけどそれは一年待ってもらう。来シーズン、俺がナショナルチャンピオンを獲れたら、次のシーズンは和哉に獲らせるために全力でアシストするからさ。というわけなんで、澤井さんが悪いわけじゃないから、勘違いしないようにね」

そう言い終えた梶山さんが、なんの悪気もないような笑顔を僕らに向けた。

なにこの人？

びっくりしすぎて、息をするのも忘れていた。さっきは、実は気さくな人なんだと思って親しみを覚えた梶山さんだったけれど、気さくなんてものじゃなく、めちゃくちゃ軽い？　いや、ちゃらい？　いやいや、それにしても言っていることはきついというか、なかなか適当な言葉が見つからないけど、かなりえぐい。こんな裏取引みたいなことをあっさり口にして、しかもニコニコしているなんて、いったいどういう神経をしているのだろう。

混乱のきわみにある僕の隣で、桜井さんが口を開いた。

「もし、来シーズン、梶山さんがチャンピオンを獲れなかった場合は、どうなるんですか」

ちょうど三十歳の桜井さんは、藤浦さんがいなくなったので、キャプテンの高畑さんを除けば一番年かさだ。誰もが訊きたいことを代表して質問してくれたのだろう。

「いやあ、その時は日本チャンピオンには縁がなかったということであきらめるよ。ということで、全日本に挑戦するのは来シーズンの一度だけだから安心していい――」そう言ったあとで、

「それに、和哉にしても誰にしても、明らかに俺より強い奴が出てくるようだったら、全日本の時のエースはそいつに譲るつもり。それって、チームとしては当然の話だからね。

まあ、無理だと思うけど頑張って」まるで僕らを挑発するようなことを口にして、しかも相変わらずニコニコしている。

海外での生活が長かったせいで、ものごとの考え方や感覚が根本的に僕らとは違っているんだろうか。

それにしても、こうも本人にあっけらかんと言われてしまうと、僕に限らず誰であろうとなにも返せなくなってしまうことがよくわかった。

いずれにせよ来シーズンのエルソレイユ仙台は、これまでとはかなり違うチームカラーで戦うことになりそうだった。

10

チームカラーもそうだったが、僕らが身に着けるサイクルジャージのデザインが、年が明けて新しいシーズンを迎えると同時に大きく変わった。

オレンジが基調色なのは同じなのだが、これまでの黄色味が強い色調から、もっと赤が濃いビビッドな色合いになった。そして、ジャージに入るスポンサーの数が大幅に増えた。これまでの十九社から二十八社へと、十社近くも増えたのである。

スポンサーのロゴが急に増えたことで、ちょっとごちゃごちゃした感じがしないでもない。その中で最も大きなロゴは、新たなメインスポンサーとなった佐久間さんの会社「ヴィーノ・デル・ソル（vino del sol）」で、これはなかなかかっこいい。

ともあれ、新しいデザインに最初は違和感があっても、着ているうちに慣れてくるものだし、チームが強くなればどんどんかっこよく見えてくるのがチームジャージである。

　これだけ新たなスポンサーが増えたのは、間違いなく梶山さんの加入によるもので、「カジヤマ効果」と、本人には内緒で僕らは呼んでいた。そう呼び始めたのは、確か、三橋さんだったと思う。

　そんなチームのムードメーカー的な三橋さんと僕、さらに悠と陸の四人とで、チーム練習が終わったあと、サイクリングベースの隣にある須藤さんのショップ、ベルマシーヌに寄っていた。

　同じエリアの一角にはベーカリーもあって使い勝手がいい。たとえば、今日のように午前中いっぱいでトレーニングが終わるような日は、ベーカリーの屋外カフェテラスで昼食を摂《と》り、急ぎの予定がなければベルマシーヌで時間を潰して帰ることも多い。

　もちろん土日や祝日は、一般のお客さんの邪魔になるので、自転車のトラブルを見てもらう時以外は立ち寄らないようにしている。そもそもレースシーズンが始まると、週末はたいていレースに、あるいはなにかのイベントに出ているので、ベルマシーヌでゆっくりできるのは平日に限られるし、そうするように心がけている。

藤浦さんがいまはメカニックとして働いているベルマシーヌは、かなりユニークなショップだ。

量販店ではないロードバイクのプロショップというと、さほど広くない店内に所狭しと自転車やパーツが並んでいたり、それだけでは足りなくて、壁や天井からもフレームやホイールが吊り下がったりしているのが普通だと思う。しかも、店の奥の作業場に、気難しそうな店主がいたりして。

ベルマシーヌは、そんなイメージとはかけ離れた、明るくて開放的なお店だ。規模も雰囲気もサイクルショップというよりファクトリーと形容したほうがしっくりくる。

まずは外観自体が工場か倉庫のようで、建坪が二百坪近くもある。体育館のように天井が高い鉄骨組みの店内は、すごくゆったりとした配置になっていて、作業スペースも広く取ってあり、ヨーロッパの自転車ファクトリーってきっとこんな感じなのだろうな、と想像させるような雰囲気が漂っている。

店舗の規模のわりに陳列してある自転車が少ないのは、在庫を売りさばく商売をするのではなくて、ほんとうの意味でお客さんの希望と身体のサイズに合った――ママチャリと違って、ロードバイクは乗り手にサイズが合っていることが最も重要――自転車を提供したい、というのが須藤さんの基本方針だからとのこと。

店内の一角には、お客さんがゆっくりとくつろげる大きなテーブルが設置されていて、僕ら四人はそこでおしゃべりをしていた。

「いやあ、参りましたねー。梶山さん、マジで凄《すご》いっす」

悠が心底感心した口調で言う。

「ほんとやばいっすよ。僕はまだしも、湊人さんまでちぎられるとは思わなかったです」

大きくうなずいた陸に向かって、

「そうだよ、陸ぅ。おまえがあそこでちぎれちまったら、後ろにいた俺ら、どうしようもないって――」と言った三橋さんが、

「じゃなけりゃ、俺が一発かましてやれたのによぉ」悔しそうに口をへの字に曲げた。

「それ、たぶん無理だったと思いますよ」

僕が口をはさむと、

「そこまで言うか？　ふつう言わねえだろ――」と顔をしかめた三橋さんが、

「しかしまあ、大人げないよなあ、あのオッサン」呆れたような口調で言った。

相変わらず口の悪い三橋さんだが、そう言いたくなるのもわからないではない。

すでにJプロツアーの新しいシーズンに突入していた。エルソレイユ仙台は、二月下旬の沖縄、三月中旬の伊豆《いず》の修善寺《しゅぜんじ》のそれぞれ二日間、合計四戦のＪＢＣＦ（全日本実業団自転車競技連盟）シリーズのレースをこなし、桜井さんが一勝をあげて幸先のいいスタートを切っていた。

次の参戦予定は、三日間にわたるステージレースの「ツール・ド・とちぎ」で、開催日が四日後に迫っていた。今日は、それに向けての最後のチーム練、つまりチームでまとまっての練習日だった。

現代のプロサイクルロードレースがチーム戦になっているとはいえ、野球やサッカー、バレーボールやバスケットボールのような団体競技とは違い、合宿の時は別として、常にメンバー全員がそろっての練習をしているわけではない。もともとが個人競技であることに加え、選手によって重点的に鍛えるべき部分が違っていて、極端な話、トレーニングコーチや監督から与えられる練習メニューが、一人一人異なっているからだ。とはいえ、交代で風よけになるローテーションの練習は一人ではできないし、仲間同士で練習をすると必然的に競い合いが発生するので、練習強度も自然に上がる。

だから僕らの場合、与えられた練習メニューを取り入れながら、いかに効率よく練習効果を上げるかを考え、自分のコンディションと相談して、最終的には自分で練習予定を組んでいくことになる。少なくとも、エルソレイユ仙台ではそうだ。監督やコーチがガチガチにスケジュールを組んで強制的に練習をさせると、選手自身が頭を使わなくなって馬鹿になる、馬鹿ではロードレースに勝てない、というのが澤井監督の持論である。

今日のチーム練習で行ったような、メンバー全員そろってのローテーションの練習はシーズンイン前に終えているので、この時期に行う必要はないのだが、それを実施したのには理由があった。四日後に始まるツール・ド・とちぎが、梶山さんがエルソレイユ仙台のジャージを着て走る初レースであり、それ以上に、チーム練習に梶山さんが加わるのも、今回が初めてだったからである。

というのも、年末からの一ヵ月あまり、梶山さんは恒例にしている暖かいタイでの合宿を例年通りこなし、二月に行われるアジア選手権の日本代表チームに招集されたあと、再びタイに戻ってコンディションを整え、つい先日帰国したばかりだった。

シーズン当初の梶山さんの別行動はチームとしても最初から了解済みとのことで、それって当然だろうなと僕はあっさり納得してしまうのだけれど、三橋さんなんかは内心で快く思っていないのが言葉の端々からわかる。

ともあれ、ようやく梶山さんの走りを間近で見られると、緊張しつつも期待一杯で臨んだ今日のチーム練習だったのだが、ほんとうの意味でのトッププロの凄さを、まざまざと見せつけられることになった。

いつものようにサイクリングベースに集合したところで、まずは選手全員そろっての記念撮影から始まった。チームの活動レポートをブログにアップするためのもので、広報担当の瑞葉さんが自分で写真を撮影している。選手も個人のブログをアップしているけれど、さすがにデザイナーの勉強をしていたというだけあって、写真も文章も、当然のことだけど選手のそれとは比べ物にならないくらい出来映えがいい。実際、新しいチームジャージのデザインをしたのは瑞葉さんだ。

写真撮影が終わったあと、僕らはウォーミングアップのペースで北へ向けて走り始めた。

自転車のトレーニングをするには、チームのサイクリングベースの立地は、すこぶるいい。最初の数キロがすぎて幹線道路から外れると、交通量が減って信号もまばらになり、ストレスなく走ることができるようになる。

トレーニングに使うコースは、おおまかに分けて五パターンくらいあるのだが、今日は仙台市北部の隣町、大和町七ツ森《たいわちょうななつもり》のダム湖駐車場にいったん集合し、チームカーでコースの下見を終えて来た澤井監督と合流した。

練習内容の指示は、ダム湖から船形山《ふながたやま》の麓までの平坦路を使い、ローテーションの練習を、バリエーションを変えながら一往復。その後再び船形山に向かって走り、ローテーション練習には入れなかった五キロメートルちょっとのヒルクライムをこなしたのち、各自フリーで走ってダム湖の駐車場がゴール、というもので、今日の練習コースには信号がひとつもない。

ダム湖駐車場をスタートしてから戻って来るまでの走行距離は五十キロメートル。ダム湖からサイクリングベースまでは片道十五キロなので、総走行距離は八十キロメートル程度と短めで、四日後に控えたレースの調整には、ちょうどよい練習メニューだった。

そして今日、初めてエルソレイユ仙台のチーム練習に参加した梶山さんだったが、まるでずっと一緒に走っていたようにスムーズな、ほかのメンバーにストレスを与えない走りは、さすがとしか言いようがなかった。

問題だったのは、ローテーションの練習が終わったあとである。

ヒルクライムを各自のペースで一本こなしてから——この時点での梶山さんは速くもなく遅くもなくのペースで淡々と走っていた——麓に下り、ダム湖までの平坦路を戻り始めた時だった。

トレイン——縦一列につらなった隊列——を先頭で引いていた僕の隣まで上がってきた梶山さんが、「ラスト、少しペースを上げようか」と言って前に出るや、スピードを上げ始めた。アタックのようなパワー全開でのものではなく、じりじりと速度を上げていくという、ある意味、いやらしいやり方で。

あれ？　ちょっとこれ、マジでペダルを踏まないとまずいかも、とケイデンスを上げながら僕は戸惑った。

ちらりと梶山さんが振り返る。

ついて来るか？

そう言っているのが無言でもわかる。

もちろんです。

胸中で答え、ペダリングに意識を集中させる。

自転車の難しいところは闇雲にペダルを踏めばよいというものではないことだ。力任せに踏みつけると、たいていの場合、スムーズな回転を邪魔する力を無意識にペダルにかけてしまうことになる。

先頭を引いてトレインの速度を時速五十キロちょっとまで上げた梶山さんが、ハンドルを握ったまま右の肘を外側に張り出すようにしてくいっと動かし、直後に少しだけ走行ラインを左に寄せた。

先頭交代をうながす合図だ。

風の抵抗が一気に増した。速度を維持するためにさらにパワーをかけて、ペダルの回転数を保つ。

「このペースでどんどん回していこう！」

ゆっくりと後方に下がりながら、楽しそうに梶山さんが声を飛ばす。

なにがそんなに楽しいわけ？　こっちは相当きついんですけど……。事実、サイクルコンピューターに表示される一分間の心拍数が百七十を超え始めた。

短い間隔で先頭を交代しながら、時速五十キロ強のハイペースでトレインがかっ飛んでいく。交通量が皆無で信号もない田舎道だからこそできる練習だ。

それにしてもローテーションがスムーズだ。

八名全員の息が合っている。

ロードバイクの細いタイヤが発する微かなロードノイズが、風切り音とともにカーボンフレームに共鳴して心地よい。

なんだか妙に楽しくなってきた。苦しいことには変わりない。けれど楽しい。個人練習ではなかなか味わえないチーム練習の醍醐味だ。

緩いカーブが数ヵ所出てくるだけの平坦路を八キロメートル弱走ったところで、ダム湖へ向かうためにT字路を二度、直角に右折した。

残りの二キロにきついコーナーはない。わずかに登り勾配がついている区間はあるものの、ほぼ平坦基調の道路が左に右にと二度大きくカーブしたあと、最後に七、八パーセントの坂を百五十メートルほど登った地点がゴール、つまりダム湖の駐車場だ。

ちょうど先頭を引いていた梶山さんが、先頭交代のサインは出さずにサドルから腰を上げてふいにアタックをかけた。

間違いようがない。先頭でゴールに飛び込むつもりだ。

反射的に僕も腰を上げていた。梶山さんを追いかけつつ、ちらりと背後を振り返る。

僕の後ろについている陸が、凄い形相でペダルを踏んでいる。

梶山さんがサドルに腰を戻しながら振り返った。

アイウエア（サングラス）の下で口許がにやりと笑ったように見えた。

スピードがまったく緩まない。むしろ、もう一段階じわりと加速して、その速度を維持し続ける。

一つ目の左コーナーに入る手前に、少しだけ登り勾配がきつくなる場所がある。

やばい。油断した。その短い区間で梶山さんとの距離が開いた。たちまちドラフティングが効かなくなる。ケイデンスを上げて追い着こうとするのだが、脚がいっぱいいっぱいで言うことを聞いてくれない。

限界まで出し切り、全力でもがけば追い着ける距離ではある。けれど、それをやったら、梶山さんに追い着いたところで脚が終わる。つまり、そこで失速してゴールまで届かない。

じりじりと梶山さんの背中が逃げていく。逃がしたくないのだが、開いてしまった差を縮められない。せめてこの間隔を維持したままゴール手前の登りに差し掛かることができれば、最後のスプリントで追い着けるかも。スプリントができる余力が残っていればの話だけど……。

必死に食らいつき、十五メートルくらいの間隔を保ったまま、最後の登り勾配に差し掛かった。

前を行く梶山さんが再び腰を上げ、自転車を左右に振りながらスプリントを開始した。続いてスプリントを始めた僕だが、明らかにキレが悪い。

僕を置き去りにした梶山さんがじりじりと離れていく。

いったいどこにそんなパワーが……。

力の差をまざまざと見せつけられた。悔しいけれど、意志の力だけでどうなるものでもない。

もういいか……と、あきらめかけた時だった。ホイールに荷重がかかる、ザッザッという音がうしろから近づいてきた。高畑さんが僕のすぐ背後まで迫っているのが見えた。その後続はだいぶ離れていて、さっきまで僕にくっついていたはずの陸が、ようやく登りに差し掛かったところだ。どこかでちぎれた陸をかわした高畑さんが、全力で僕と梶山さんを追いかけて来ていた。

梶山さんに引き離されて萎《な》えそうになっていた気力を奮い起こし、全開でもがき始める。呼吸が追い着いていないのを無視して、ペダルを回し続けた。一度は隣に並びかけていた高畑さんが少しずつ後退していく。

もうこれ以上はどんなにあがいても無理。

酸欠で目の前が暗くなりかけたところで、ダム湖の駐車場に飛び込んだ。

オールアウトだ。もうなにも出来ない。息を吸いたくても吸えない。暗くなりかけた目の前で、チカチカと星が飛び回っている。

そのままふらつきながら駐車場内でゆっくりと円を描き、呼吸が戻って来るのを待った。よれよれになりながらも立ちゴケだけは免れた。梶山さんのそばに自転車を止め、ハンドルにおおいかぶさってぜいぜい言っていると、

「大丈夫？　なかなか頑張るじゃない」頭の上で声がした。

顔を上げると、汗だくになってはいるものの、すでに呼吸が戻ってニコニコ笑っている梶山さんがいた。

「だ、大丈夫です」

喘《あえ》ぎながら言った僕に、

「二つ前にあった左コーナーでちぎれた？」と尋ねる。

「そうです」

「あー、やっぱり。ここで行けるかも、と思って、あそこの小さな登りでちょっと踏んでみたんだけどさ。ああいうところで油断するとやばいよ。それさえなければ、最後のスプリントにからめたはずだから」

「はい、すいません」

頭の後ろに目が付いているんじゃないかと思うくらいの正確な分析に、偽りなく感心してしまうと同時に、梶山さんから直接アドバイスをもらえて感激している自分がいた。

僕と梶山さんのそばに自転車を止めた高畑さんが、苦笑しながら言った。

「浩介さん、相変わらずですねぇ」

なにが相変わらずなんだろ、と思っていると、笑いながら梶山さんが答えた。

「ごめん、ごめん。どうしても最後は追い込みたくなるもんで」

「というより、トップでゴールしないと気がすまないんでしょ」

「いやまあ、それってやっぱり、気持ちいいし」

エルソレイユ仙台ができる前、ヨーロッパに拠点を置く若手育成チームで走った経験のある高畑さんだが、そのころ、梶山さんと一緒にトレーニングしたことがあると言っていたのを思い出した。

相変わらずですねぇ、と苦笑した高畑さんの口ぶりから想像するに、梶山さんがチーム練習に参加すると、もしかしたら、常にこうなるのかもしれない。

ついさっきの苦しさがよみがえり、毎回あれじゃあかなりきついぞ、と思いつつも、案外楽しみにしている自分がいて、ちょっと新鮮さを覚えていた。

監督から指示された練習メニューを消化したあと、たとえば今日のコースの場合だと、最後の平坦路はクールダウンを兼ねておしゃべりをしながらダム湖駐車場まで戻るのがいつものことだった。

それもあったので、三橋さんは今日の梶山さんに対して、大人げない、という言い方をしたわけで、それはわからないでもない。

でも……。

確かに大人げないかもしれないけれど、ヨーイドンでスタートして誰が一番でゴールする？　という、サイクルロードレースの原点を思い出させてくれるもののように、僕には思えていた。

11

今年最初のステージレース、ツール・ド・とちぎの最終日、僕はチームメイトと一緒に、スタートラインに並んでいた。

ツール・ド・とちぎは、わりと最近始まったばかりの歴史の浅いレースなのだが、日本国内では貴重な、一般公道を使った数少ないラインレースのひとつだ。

ラインレースというのは、簡単に言えば、スタート地点とゴール地点が異なるレースのことである。ただし、スタートとゴールが同じ地点であっても、どこかの半島をぐるりと一周してゴールするような場合もラインレースに含めるのが慣例なので、厳密な定義があるわけではない。だから、短めのコースを何度も周回することのないレースを、おおざっぱにラインレースと呼んでいる感じだ。

たとえば、一般の人に最もよく知られている世界最大のステージレース、ツール・ド・フランスは、ラインレースの典型である。だから、サイクルロードレースと耳にしたら、ロードレースに詳しい人でない限り、旅する雰囲気に満ちたラインレースを思い浮かべるのが普通だろう。

だが、国内で開催されるほとんどのロードレースは、長くても一周が十数キロ程度の周回コースを使って行われているので、どちらかというと、クリテリウム寄りである。公道を使うとなると、どうしても広範囲で長時間の交通規制が必要となり、容易には警察から許可が下りないというのがその理由とされているようだけれど、最近この世界に入ったばかりの僕には、本当の事情はよくわからない。

でも、主催する側にどれだけの熱意や工夫、戦略があるかで大きく左右されるのは事実のようで、単純に行政が石頭だからというわけでもなさそうだ。実際、ツール・ド・とちぎは、栃木県内に拠点を置く二つの地域密着型プロチームが牽引《けんいん》役となって実現にこぎつけたレースである。

どちらのタイプのレースにも長所と短所はあるし、難しさの質も違うのだけれど、走る側としては、少なくとも僕の場合、スタートからフィニッシュまで刻一刻と風景が変わっていくラインレースのほうが、いかにもロードレースという雰囲気があって好きだ。といっても実際にレースをしている時は、ほとんどの時間、前の選手のお尻を見ているだけで、周りの景色を楽しんでいる余裕などないのだが、それでもやっぱり、走っていて気持ちがいい。

ともあれ、ＵＣＩの公認レースともなっているツール・ド・とちぎは、国内のコンチネンタルチームだけでなく、海外のコンチネンタルチームも出場する国際色豊かなレースだ。

今回、エルソレイユ仙台は、初日に行われる個人タイムトライアルの結果を見て、二日目と三日目の作戦を組み立てることになっていた。

大会一日目の朝、スタート地点に到着した直後から、僕らは去年とはまったく違う状況に驚くとともに、戸惑いも覚えた。

ひとつは応援に来ているお客さんの数が、早朝にもかかわらず、去年よりもずっと増えていたことだ。その多くは、明らかに梶山さんのファンだった。

もっと驚いたのは、他チームのエース格の選手や監督が、次々と梶山さんに挨拶をしに、エルソレイユ仙台のテントにやって来たことである。

そして、これには驚いたというより戸惑ってしまったのだが、カメラマンがひっきりなしに僕らに向けてシャッターを切る——もちろん目当ては梶山さんで、僕はその他のメンバーにすぎないのだが——ので、レンズを向けられるたびに、いちいち必要以上に緊張してしまった。

やはり、梶山浩介のエルソレイユ仙台での初レースということで、いろいろな意味で注目の的になっているのだろう。

その梶山さんの一日目の個人タイムトライアルの結果はというと、下馬評とはまったく違って普通すぎるものだった。ツール・ド・とちぎでは、六名編成のチームが十五チーム出走するので、全出走者数は九十名になる。その中での二十八位というのは平凡な記録と言うしかない。事実、十二位だった僕のほうが、二十秒以上タイムがよかったくらいだ。だがこれは、本人の調子が全然悪そうじゃなかったのは確かなので、梶山さん本人に訊いたわけではないけれど、いわゆる、三味線を弾いた、というやつに違いなかった。おそらく、梶山さんも監督も、他チームを混乱させるために、最初からその予定だったのだと思う。実際、ほかのチームでは、初日の梶山さんの成績をどう解釈したらよいか、ずいぶん戸惑ったみたいだ。

その個人タイムトライアルにおいて、エルソレイユ仙台でトップタイムをマークしたのは中長距離トラックレース出身の岡島陸で、トップから十四秒遅れの四位という好成績だった。ジュニア時代に日本代表になっただけのことはあり、さすがにタイムトライアルには強い。次いで、陸から七秒遅れて高畑さんが七位。残りの二名のメンバーは、桜井さんが三十五位、三橋さんが五十二位という結果だった。原田さんと悠は、今回のツール・ド・とちぎの出走メンバーには入っておらず、補欠メンバー及びサポートスタッフとして同行していた。

この初日の結果を受けたエルソレイユ仙台は、やはり高畑さんで総合優勝を狙いに行く、という作戦を取ることになった。

二日目は、全長が百二十キロメートルの山岳コースで、終盤になるにつれ、きつい登りが出てくる設定になっていた。タイムトライアルでは陸のほうが高畑さんより速かったも

トップから十四秒しか遅れていない陸が入った逃げ集団ができるのを、ほかのチームとレイユ仙台が優位に立つ、というものだった。

で、僕らが取った二日目の作戦は、僕と陸とで逃げに乗り、他チームを焦らせてエルソ

問題なのは、どうやって高畑さんの成績をジャンプアップさせるか、であった。

は陸が総合上位をキープできるコースレイアウトではなかった。

っても得意不得意が左右されるので、ことはもっと複雑なのだが、いずれにしても二日目

もちろん、計算で導かれる数値だけではなく、自転車競技の世界で言う「脚質《きゃくしつ》」によ

トレシオは六・〇ワット。その結果、平地では陸が速くても、登りでは高畑さんが強い。

ワットも劣る三百六十ワットだとしても、体重が六十キログラムであれば、パワーウエイ

パワーは五・四三ワットということになる。一方の高畑さんが、FTPでは陸よりも二十

だとして体重が七十キロあると、体重一キログラム当たり、一時間に出し続けられる最大

う値が絶対的なパワーよりも重要になるからだ。たとえば、陸のFTPが三百八十ワット

なる登りになると、体重がハンデとなる。登りでは、いわゆるパワーウエイトレシオとい

トラック競技出身で体格にも恵まれている陸だが、空気抵抗よりも重力の影響が大きく

が山岳コースでも強いとは限らないのである。

そこがサイクルロードレースの面白くも難しいところで、タイムトライアルで速い選手

のの、登坂の多い二日目のコースレイアウトでは、順位を落とすのが明らかだった。

しては容認したくない。まだ新人の陸とはいえ、U23での活躍によってどんな選手なのかは知られている。まずは陸の逃げを潰しにかかるだろう。

そこで僕の出番となる。陸を引っ張って、とにかく序盤で逃げ集団を形成する役割である。陸を逃がすわけにはいかない他チームは、必要以上にタイム差を広げられない状況に陥る。結果、ライバルチームは想定していたよりも速い速度で山岳コースをこなさなければならなくなり、脚がどんどん削られる、つまり疲労が蓄積する選手が多くなり、上手くいけばメイン集団に残る選手数を減らすことができる。そんなプロトンの中で、高畑さんは、梶山さんたちチームメイトに守られて、できるだけ脚を温存し、体力を消耗させずに走る。

いずれにしても、僕と陸が入った逃げは後続に追いつかれ、プロトンに吸収されるはずだ。というのは、ゴールまではとてももたないようなペースで逃げるつもりなので、どこかでペースが落ちるのは明らかだからだ。

最大のポイントは、メイン集団に吸収されるタイミングである。早すぎても遅すぎてもまずい。ちょうどいいタイミングで吸収されたところで、インターバルを得意とするパンチャー脚質の三橋さんがアタックをかけ、あるいは、他チームのアタックに反応して、レースをいっそう厳しい展開に持ち込む。

そして残り距離が十キロを切ったどこかで、最後のジョーカーを切る。つまり、タイミングを計った梶山さんが、高畑さんを連れてエスケープを試みる。そのエスケープが成功して、そこに他チームの有力選手が入っていなければ、高畑さんが総合でトップに立つことになる。

最後の局面で単独でもエスケープができる力を持っている梶山さんがいなければ成立しない作戦であるが、成功の可能性は十分にあった。

もちろん、なかなか作戦通りにはいかないのがレースだが、結果的に、この二日目に立てた戦略は、ほぼ成功した。

最初の関門は、僕と陸が逃げ集団に乗れるかどうかで、もし、上手くいかなかったら、別のプランに切り替えることになっていたのだが、これはなんとか成功した。

スタート直後から激しいアタック合戦が続いて、なかなか逃げが決まらなかった。僕も三度、試みたのだが、いずれも失敗していた。

そろそろいい加減疲れてきたぞ、という空気が集団に漂い始めたところで、四人の選手が通算六度目のアタックを試みた。チームがばらばらの四人の中に、有力選手は入っていなかった。これは決まるかも、と思った僕は、陸に目配せして逃げている四人を追走し始めた。

アタックするタイミングを失ったらしく、集団からは誰も追って来ない。三分くらいかかったものの、懸命にペダルを回して四人に追いつくことができ、これで六名の逃げ集団が確定した。

その後、僕と陸は全力でエスケープを試みた。ほかの選手から、なんでそんなにペースを上げるんだよ、と文句が出たが無視した。

やがて、一人、二人と逃げ集団から脱落してゆき、最後まで粘った僕と陸も、残り距離が十五キロとなった時点でほぼ力尽き、追って来ていたメイン集団に吸収された。

ほんとうはもう少し逃げ続ける予定だったのだが、へろへろになって合流したメイン集団も、だいぶ数を減らしていた。与えられた役割は果たせたことがわかり、ほっとした。

そこから先は梶山さん次第だったのだが、さすがとしか言いようがなかった。梶山さんは、高畑さんを連れての最終エスケープを一発で成功させた。

しかし、すべてがパーフェクトというわけにはいかなかった。合計五名の選手で形成されたエスケープ・トレインに、前日のタイムトライアルで三位に入っていた宇都宮ブラウヒンメルのエース、成田《なりた》選手に便乗されてしまった。

ゴール手前のスプリントで梶山さんが発射台となり、高畑さんがトップでゴールしたものの、成田選手とは二秒しかタイム差がつかず、二日目が終わった時点での総合トップは宇都宮ブラウヒンメルの成田選手、それから八秒遅れで高畑さんが二位という結果に終わったのだった。

翌日の最終日は、よほどの波乱がない限り、集団スプリントでのゴールが見込まれるスプリンター向けのコースレイアウトである。

集団でゴールになだれ込んだ際、順位はつくものの、その集団で走った全選手が同タイム扱いになるルールなので、タイム差はつかない。

トップとわずか八秒にすぎない違いではあるのだが、埋めるのがきわめて難しい差となって、僕らの前に立ちはだかった。

それでもエルソレイユ仙台は、二日目のステージ優勝を手にした。その事実は偽りなく賞賛に値することなのだが、それをはるかに上回る手ごたえを僕は、いや、僕だけでなくチームの誰もが感じていた。

この二日目のレースを、エルソレイユ仙台は、居並ぶ強豪チームを押し退《の》けて、ほぼ完璧に支配下に置くことができた。ここまで自分たちの思惑通りにレースをコントロールできたのは初めてだった。それは僕がメンバーとなった昨シーズンよりも前、チームの発足までさかのぼっても同様だと言えるのは、レース後の高畑さんや澤井監督の言葉と表情からも一目瞭然だった。

それを可能にしたのは、やはり梶山さんの存在だ。梶山さんがこの日のレースを実質的にコントロールしていたと言ってもいい。梶山さんの加入によって、エルソレイユ仙台のチーム力が確実に上がったことが証明された日だった。

とはいえ、最終日の三日目にどんな戦略で臨むかとなると、これはまったく別問題である。

普通のスポコンドラマであれば、なにがなんでも高畑さんの総合優勝に向けたシナリオになるのかもしれない。しかし、現実はそんなに甘いものじゃない。

もちろんレースの流れで逆転が可能な展開になれば、高畑さんが最終局面での逃げ切りを狙ってもよい。だが、宇都宮ブラウヒンメルの成田選手は、徹底的に高畑さんをマークするはずだ。それを振り切って八秒以上のタイム差をつけるのは、残り距離二十五キロからほぼ平坦基調となる三日目のコースレイアウトでは難しい。

だから、常識的には高畑さんの総合二位をキープすることが三日目の目標になるところだ。

ではあるのだが、消極的な作戦で最終日を終わらせたくない。昨夜のミーティングでは、そんな雰囲気が最初からあった。昨シーズンのエルソレイユ仙台では考えられなかった、ある意味、貪欲とも言える空気である。

じゃあ、実際にはどんな作戦を？　となったところで、難しいのは承知のうえでそれでも逆転を狙ってなにかを仕掛けるか、あるいは別な目標を設定してレースに臨むかの二者択一となった。

別な目標というのは、最終日のステージ優勝である。

可能性は大いにあった。桜井さんによる三日目のステージ優勝に目標を切り替えれば、実現の可能性は大だ。今シーズンの桜井さんは、序盤から調子がいい。

結局、消極策は放棄し、桜井さんにゴールスプリントを託すことで目標が定まった。総合優勝こそ宇都宮ブラウヒンメルに譲るものの、梶山さんが二日目の終盤でエスケープを決めたことにより、総合タイムで三位まで順位を上げていた。つまり、三日目を桜井さんで獲ることができれば、総合表彰台の二位と三位に加えてステージでの二勝を手にすることになる。それが実現できれば、チーム発足以来の快挙と言える。

メンバー全員の意見が一致したところで、澤井監督が三日目の作戦を確認した。

まずは、リーダージャージを着ていることでレースをコントロールするはずの宇都宮ブラウヒンメルとともに、常に集団の前方に位置取りをして、どんな状況にも対応できるようにする。高畑さんが総合タイムで逆転できそうなチャンスが訪れた場合には、梶山さんと高畑さんの指示で全員が臨機応変に動く。

その二点を押さえたうえで、二日目の頑張りですっかり疲弊し、危うくタイムアウトでDNFになりそうになった陸は、無理をせずに、終始、高畑さんのサポートに回る。

三日目のエースとなる桜井さんは、集団スプリントに備えてできるだけ安全で楽なポジションにつき、脚を貯《た》めながら走る。

梶山さんと三橋さん、そして僕の三人は、危険な選手を逃がさないように宇都宮ブラウヒンメルと協力して集団をコントロールする。

そして、最後の局面に差し掛かったところで桜井さんを連れてポジションを上げ、ゴールスプリントに向けた最終トレインを組む。

その際のトレインの順番は、先頭が梶山さん、二番手が僕、そして最後の発射台を三橋さんが引き受ける。

一夜明けた今朝の最終ミーティングでもそれは変わらず、昨日の長い逃げのダメージも忘れるくらい緊張して、ツール・ド・とちぎ最終日のスタートラインに、僕は並んでいた。

12

スタートラインの最前列に並んでいる宇都宮ブラウヒンメルの成田選手と梶山さんのすぐ後ろ、二列目に待機して、僕はスタートの合図を待っている。

二日目までの合計タイムがトップの成田選手が身に着けているのは、グリーンの総合リーダージャージだ。

自転車ロードレースには、総合優勝のほかに、コースの途中に設けられた特定の場所の通過順位で決まる賞もあり、スプリント力を競うスプリント賞、登坂力が問われる山岳賞、さらに若手でトップタイムの選手に与えられるヤングライダー賞が設定されているのが普通だ。そして各賞には、それを象徴するカラーやデザインのジャージがある。一番有名なのは、ツール・ド・フランスの総合リーダーが着用する黄色のジャージ、マイヨ・ジョーヌだが、ジャージの色にルールはなく、主催者によって決められる。たとえば、イタリア版のツール――ツール・ド・フランスの略称――である「ジロ・デ・イタリア」の場合はピンク、スペインの「ブエルタ・ア・エスパーニャ」は赤が、総合リーダーのカラーとなっている。

ツール・ド・とちぎの三日目の今日、総合リーダーのグリーンジャージを中心に、各賞のジャージを着た選手がスタートラインの最前列に並んでいる。ステージレースの二日目以降は、各賞ジャージを着た選手が最前列でスタートを待つのが慣例になっているからだ。

その特別ジャージの選手たちと一緒に梶山さんは最前列に並んでいるわけだが、そこにいることになんの違和感もない。でも、梶山さんではなく僕が同じ場所にいたとしたら、なんでそこにいるの？　ちょっとは空気を読みなさいよ、と思われるのがおちだろう。

実のところ、スタート時の並び方に特に決まりはない。最前列は各レースで優遇される選手が占めるものの、その後はスタート地点に早く来た選手から順次並んでいくので、多くの場合、今日は逃げてやるぞと意気込んでいる選手たちが前方に位置することになる。

そんな状況下、僕が二列目にいるのは、今日は常に梶山さんのそばで走るように、と監督から指示を受けていたからであるが、そのおかげでウェブ中継用のカメラに映ることができているはずで、スタート前から仕事をしている気分になる。というのも、僕ら選手の活動はスポンサーによって成り立っているわけで、そのロゴが入ったチームジャージを、できるだけカメラに捉えてもらうのも大事な仕事なのだ。

だからなにかのレースで優勝できるような場面が訪れた瞬間、ぎりぎりの接戦でゴールラインに飛び込むような時は別として、少しでも余裕がある際には、ゴールラインを通過する前にジャージのジッパーをきちんと喉元まで上げ、ガッツポーズをしながらも胸を張り、スポンサーをアピールする義務がある。いや、別に義務じゃないし罰則があるわけでもないのだけれど、それがプロ意識だとは、チームに加入した当初、監督や先輩たちからさんざん叩きこまれた。

レースの場に限らず、チームジャージを身に着けた瞬間に、僕らはプロとしての仕事をしていることになる。たとえば、チーム練習の場合はもちろんだけれど、個人で練習する際にも、必ずチームジャージを着たうえで交通マナーには細心の注意を払う。信号や止まれ、交差点での二段階右折や手信号など、交通ルールは厳守。路上で常に見られていることを意識して、サイクリストの手本となるべし。それがスポンサー企業のみならず、自転車界全体のイメージアップにつながり、社会的に認知されるようになる。そうした意識を選手たちは常に持って走っているというのは、実際にエルソレイユ仙台に加入してから知ったことだ。

ということで、ウェブ中継のカメラにばっちり映るはずの二列目に並んでいる僕は、ハンドルに寄りかかるようなことは決してせず、ジャージのロゴがよく見える姿勢を作ってスタートの合図を待っているのだった。少々緊張しながらも。

僕の前にいる梶山さんとリーダージャージの成田選手、その二人のあいだから緊張感は漂ってこない。むしろ、なごやかに談笑しているといった雰囲気だ。そういえば、成田選手は一時期、海外のプロチームで走っていたんだった。

「いやあ、エルソレイユさんには、すっかりやられましたよ、昨日のレース」

「それはこっちのセリフだって。あの逃げに便乗されてしまっては、うちとしてはどうしようもない」

「今日はなにを企んでるんですか」

「いや、なにも」

「そんなことないでしょう」

「ほんとうだって、和哉と俺とで表彰台に上れればそれで満足」

「真ん中にってことでしょ」

「だから、それはあきらめてるって」

「嘘っぽいなあ。昨日みたいに高畑さんに優勝を持っていかれたら、ボーナスタイムで逆転されちゃうし」

成田選手が口にしたボーナスタイムというのは、ゴールした順位が上位の選手に与えられるタイムのことだ。レースによって設定タイムが違っていたり、ボーナスタイムが設定されないレースもあったりするのだが、ツール・ド・とちぎの場合、一位には十秒、二位に六秒、三位は四秒というボーナスタイムがついて、総合タイムから差し引かれることになる。つまり、高畑さんがステージ優勝して成田選手がボーナスタイムを獲得できなければ、いまの八秒差をくつがえして、高畑さんが総合優勝を手にすることになるのだ。

実際、その可能性もミーティングでは検討してみたのだが、最終日のコースレイアウトと宇都宮ブラウヒンメルのチーム力を考えると、やはり限りなく可能性は低いということで、最終的には却下というか、第一のプランにはならなかった。しかし、梶山さんがうちのチームにいる以上、あえてそれを狙うかもと、成田選手が疑心暗鬼になるのもわかる気がする。

「あれっ、ばれた？　となると、作戦変えなくちゃなあ」

それを僕の隣で聞いていた三橋さんが、ずっこけるリアクションをしたあとで、僕に耳打ちした。

「オッサン、なかなかの策士じゃん」

「聞こえちゃいますよ」

三橋さんと目を合わせて苦笑する。

今回のレースが始まる前までの三橋さんは、どちらかというと梶山さんの加入を歓迎しているとは言えなかった。だが、昨日のレースですっかり宗旨替えをしたみたいだ。

僕は陸と一緒に逃げていたため、レース中の梶山さんの動きをほとんど見ていない。それに対して三橋さんは、梶山さんが高畑さんを連れてエスケープするまでのあいだ、ずっと近くを走っていた。

昨夜のミーティングが終わったあと、ホテルの各自の部屋に引っ込む前に、三橋さんがぼそっと言っていた――マジですげえや、あのオッサン――。三橋さんにとっては最大級の褒め言葉であるのは間違いなく、いったいどうすごかったのか、本当はゆっくり聞きたかったのだけれど、翌日のレースがあったので、残念ながら詳しくは聞けなかった。が、今日のレースではスタートからゴールまで、梶山さんの走りを間近で見ることができる。そこから学べるものは沢山あるに違いない。

「どっちにしても、危険な逃げを許しちゃまずいということではお互い一致しているんだからさ――」と、梶山さんがニコニコしながら成田選手に言っている。

「集団のコントロールにうちも協力するから、仲良くやろうや」

「仲良くですかあ」

苦笑した成田選手に、

「そう、仲良くね。あれ？　信じてない？」

「そりゃそうですよ」

「あー、わかった。じゃあ、ホットスポットは狙わないって約束する。それだったら、信じられるでしょ」

それを聞き、またしても三橋さんがずっこける。

ホットスポットというのは、コースの中間地点に設けられている、スプリント地点のことだ。その地点を上位で通過すると、スプリント賞のジャージを獲得するためのポイントがもらえるとともに、一位通過が三秒、二位が二秒、三位が一秒のボーナスタイムも獲得できる仕組みになっていて、今日のコースには二ヵ所、ホットスポットが設けられている。だから、総合優勝争いのタイム差が拮抗《きっこう》している場合、勝敗にかかわる重要な鍵になることも多い。今日のレースも、展開によってはその可能性がある。だから、約束するとかしないとか、ライバルチームの選手とそんな話をすること自体が普通では考えられないので、三橋さんだけでなく僕でさえずっこけそうになった。

「それって、もしかして――」そう言って周囲を見回した成田選手が、梶山さんに近づいて、なにやらぼそぼそ言った。

「そう、そういうこと」

梶山さんが、目尻にしわを寄せながらうなずいた。

二人のあいだで、なにかが合意されたみたいだ。

いったいなにを？　と考えていたところで、主催者のアナウンスがあった。

いよいよツール・ド・とちぎ最終日のスタートだ。

あわてて雑念を消し、気持ちを落ち着ける。

と思いきや、あっけなくピストルの音が鳴り、サドルに尻を乗せると同時に、シューズのクリートをペダルにはめる、カチッ、カシャッ、パチンという音——競技用のロードバイクでは、シューズの底に取り付けたクリートというパーツが、スキーのビンディングと同じようにペダルと固定される——が、一斉に響いた。

スタートの号砲が鳴ってから最初の三キロメートルは市街地をゆっくり走るパレードランで、その後、郊外に出たところで先導している審判車からの合図があり、アクチュアルスタート、つまり本当のスタートとなる。

アクチュアルスタートが切られて、まずは勃発するのが、昨日の僕と陸が必死になって試みたように、逃げたい選手たちのアタック合戦だ。

総合優勝争いにまったく関係のない選手が早々に逃げてくれれば助かるんだけど、と期待していたのだが、さすがにそうはならなかった。

アクチュアルスタートと同時に、総合リーダーの成田選手に対し一分から三分前後の遅れに収まっていることで表彰台に望みをつないでいる選手のアタックが頻発して、落ち着かない状態がしばらく続いた。そのたびに宇都宮ブラウヒンメルの選手が潰しにかかっている。

四度目のアタックがかかった時、隣を走っていた梶山さんが、

「あいつら、潰せる?」と僕に訊いた。

はい、とだけ返事をしてペダルを踏み込み、プロトンから離脱して四人の逃げを追走し始めた。追走しながらちらりと後ろを振り返ると、宇都宮の選手が一人、僕を追ってきているのが見えた。逃げようとしている四人を潰すための援軍なのは明らかだ。

エスケープを試みている四人に追い着いたところで、あらためて四選手を確認する。トップから四十秒遅れにつけているオーストラリアのコンチネンタルチームの選手が、先頭で懸命にペダルを回しているのが確認できた。残りの三人は、僕と同じように総合争いでは圏外。あわよくばこのまま逃げ切れればと目論見《もくろみ》つつも、現実的にはそれは無理だろうからとにかく逃げられるところまでは逃げてみようと、ある意味割り切っている選手たちだ。

先頭を走っているオーストラリアチームの選手が先頭交代をうながすサインを出す。二人目、三人目とローテーションが続き、自分の順番が回ってきたところで、先頭に立った僕は、あまり露骨にならないように速度を緩めた。

しばらくトレインを引いたところで、背後につけていた宇都宮ブラウヒンメルの選手と先頭交代する。僕と同様、宇都宮の選手も全力ではペダルを踏まない。

なんのつもりだよっ、しっかり走れよ! と英語でわめいたオーストラリアチームの選

手が先頭に出て、再び懸命にペダルを回し始めた。と同時に僕は、ローテーションの順番を飛ばしてオーストラリア選手の背後に張り付き、先頭交代の合図を無視して、そのままの位置で走り続ける。

オーストラリア選手が後ろを振り返り、しきりに先頭交代をうながすのを、心の中でゴメンねえ、と言いながら、全部無視した。

これは無理だと観念したらしく速度が緩んだ。逃げに乗ろうとしていた残りの選手もあきらめたみたいで、誰も積極的にトレインを引かなくなった。

その二十秒後くらいに、エスケープに失敗した先頭集団はプロトンに吸収された。

「逃げを潰すの、なかなか上手いね」

僕の隣に位置取り、にやっと笑って言った梶山さんが、

「おっと、今度は俺が行ってくるわ」

そう言って、アタックをかけた選手を追い始める。

アタックをかけたのは、総合で五位につけている、国内の企業系コンチネンタルチーム、ヤマノレーシングのエース田辺《たなべ》選手だ。ほかに追おうとする選手は出てこない。

僕と三橋さんの前でプロトンをコントロールしている宇都宮ブラウヒンメルの選手たちに緊張が走った。

もしかしたら梶山さんは、このまま田辺選手と一緒に逃げようとしているのではないの

か？　それはまずいぞ、という危機感から来る緊張だ。

宇都宮のアシスト選手が一人、先行する二人を追い始めた。

が、逃げている先頭の選手に追い着いた梶山さんは、ローテーションはせずに、そのまま後ろにぴたりと張り付いて走り続けている。

ほどなく逃げようとしていた田辺選手があきらめた。背後にぴたりとつかれたままだと、物理的――もちろん空気抵抗のこと――にも精神的――一緒に逃げる気がないのかよぉ、というがっかり感――にも参ってしまって、ダメだこりゃ、とエスケープを断念するのが普通だ。

結局、宇都宮の選手の助けを借りずに、梶山さんがこの逃げを潰した。

そうしてプロトンに戻った梶山さんが、成田選手の隣を走りながら、

「ね？　仲良くやろうって、言ったでしょ」と話しかけているのが聞こえた。

いまの梶山さんの動きで、宇都宮ブラウヒンメルの選手たちは、とりあえず納得したようだ。

エスケープを試みたヤマノレーシングの田辺選手は、タイムトライアルに強い選手だ。梶山さんがその気になれば、二人で逃げを形成して、三十八キロ先に出てくる一つ目のホットスポットを狙うこともあり得た。しかし梶山さんはそうはせず、逃げを潰してプロトンに戻ってきた。総合二位につけている高畑さんも、まったく動く様子は見せていない。

これはつまり、エルソレイユ仙台にはホットスポットのボーナスタイムを狙う気はないよ、というメッセージになる。

もしかしたら……と、梶山さんの後ろで走りながら考える。

スタート直前、梶山さんと成田選手が、周りには聞こえない声でぼそぼそやり取りしていたけれど、総合優勝は宇都宮ブラウヒンメルに譲るかわり、今日のステージ優勝はエルソレイユ仙台のスプリンターエース、桜井さんでもらうということで、話をつけたのかもしれない。

もちろんその通りにはいかないレース展開になることも多いし、相手を全面的に信用するわけにもいかない。

けれど、二チームが協力すれば、それぞれの目標を達成できる確率が大幅に上がる。

それってかなりあり得るなあ、と思いつつ梶山さんと成田選手の背中を交互に見やったところで、またアタックがかかった。

右にカーブしたあとで緩い登りが一キロほど続く、アタックをかけやすい地形だ。

飛び出した選手にもう一人、さらに二人、少し遅れてもう一人と続く。

チームジャージと背中のゼッケンを確認する。山岳賞狙いの選手が一人交じっているものの、その選手を含めて、総合順位にからむ可能性は低い選手ばかりだ。

「ふさごう!」

そう言った梶山さんが少しずつ進路を変えながら集団の先頭まで出て、僕と三橋さんが入れるスペースを確保した。

そのスペースに僕と三橋さん、さらに高畑さんも加わって横一列に広がり、センターラインの左側をふさいだ。まったく同様の動きをした宇都宮ブラウヒンメルの選手たちが、道路の右半分に蓋《ふた》をした。これで背後の選手たちは、容易には集団から抜け出ることができなくなった。二チームが同調して若干速度を緩め、少しずつ遠ざかっていく五名の選手を見送る形になる。

香港チームの選手が一人、無理やり路肩を走って逃げる五名を追い始めたが、これも総合タイムで大きく遅れている選手だったので、見逃してやった。

さっきまでのアタック合戦でぴりぴりしていたプロトン内の空気が弛緩したのがわかる。この逃げを容認し、宇都宮ブラウヒンメルとエルソレイユ仙台に集団のコントロールを任せることにした、ということだ。違う見方をすれば、僕ら二チームがしばらくはレースをコントロールする意思をプロトンに知らしめた、ということになる。

こうして六名の逃げ集団が成立して、ツール・ド・とちぎの最終日が進行し始めた。

この先に二度出てくるホットスポットと、山岳賞ポイントが獲得できるKOM（キング・オブ・マウンテン）を通過する際は、なにかの動きが出てくるだろうけれど、しばらくは落ち着いて走ることができそうで、昨日の全力の逃げで疲労が溜まっている僕にとっては、かなりありがたい展開だ。

13

六名の逃げ集団とのタイム差を三分前後に保ったままレースは淡々と進み、今日のコースの最後の山岳路に差し掛かろうとしていた。

レース中の先頭とプロトンとのタイム差は、オートバイの審判車が逐一知らせてくれる。ライダーの後ろ、タンデムシートにまたがった審判員が、タイム差を記入したボードを掲げて選手たちに知らせてくれるのだ。

逃げている六名の選手たちは、三分を保ったままそれ以上開かないタイム差に、逃げ切りは難しそうだとあきらめ始めているに違いない。ここまでに何度か、逃げ集団がペースを上げる場面もあったのだが、僕らは宇都宮ブラウヒンメルの選手たちと協調してメイン集団の先頭を引き、スピードをコントロールしてタイム差が拡大しないように走ってきた。よほど強力なメンバーでの逃げ集団が形成されない限り、レースを支配しているのはあくまでもメイン集団なのである。

ただし、このままの流れで最後まで淡々とレースが進むことはあり得ない。なんとかしてステージ優勝を手にしたいチーム、あるいは、少しでも総合タイムで上位に入りたいチームが、それぞれの思惑のもと、どこかで仕掛けてくるはずだ。

まずは、どこで先行の逃げ集団を捕まえるかが、レースを大きく左右する。

桜井さんでステージ優勝を狙っているエルソレイユ仙台としては、あまり早く逃げを捕まえたくない。ゴールまで大きく距離を残して捕まえてしまうと、集団は再び活性化して落ち着かなくなる。逃げられては困る選手をいちいち潰さなくてはならなくなるため、ゴールスプリントで勝負する前に余計に脚を使ってしまうことになるのだ。

自転車の不思議なところは、この世界でよく使われる「脚が削られる」という表現が、決して比喩ではないところだ。なにかにたとえるなら、ゲームをやっていて、自分が操作しているキャラクターのＨＰ《ヒットポイント》がどんどん減っていく感じ。

今日のレースでの僕は、桜井さんをゴール直前まで運ばなくてはならない。その前に、たとえばゴールまで何キロかを残してＨＰがゼロになっては意味がないのである。だから、このまま逃げ集団を泳がせておき、ゴール手前の数キロくらいで捕まえるのが理想なのだが、やっぱり思惑通りにはならなかった。

最後の登りに差し掛かった直後、スタート直後のアタック合戦の際に僕が潰したオーストラリアの選手が集団から飛び出した。ヤマノレーシングの田辺さんが、チームメイトを一人引き連れてそれに続く。さらに、ほかのチームの選手が四名、先行する三名を追い始めた。

スプリンターを擁するチームに対抗するためのペースアップなのか、それとも単純に逃げ切りを目的にしたものなのか、あるいは、ほかになにかの目的があってプロトンの分断を意図したものなのか……。

「どうしますか？」

ちょうど隣を走っていた梶山さんに訊くと、

「桜井の調子は？」と訊き返された。

「いいようです」

「どの程度？」

「かなり」

少し前にチームカーに補給を取りに戻った際、ボトルを手渡しながら桜井さんの調子がどうなのか、本人に訊いていた。桜井さんの調子を確かめてくるようにと、梶山さんから指示されていたからだ。

うなずいた梶山さんが、

「俺がペースを作る。湊人、三橋、桜井は、このポジションで脚を貯めといていい」

そう言ってプロトンの先頭を形成していた宇都宮ブラウヒンメルの選手たちの隣にポジションを取り、成田選手になにかを話しかけた。

成田選手がうなずくのが見えた。

するするとポジションを上げた梶山さんが先頭に出て、集団を牽引し始めた。それと同時に、プロトンのペースが上がった。ただし、第二集団を形成しようとしている七名に追い着くほどではなく、かといってどんどん先行されて見失ってしまうほどでもないという絶妙なペースだ。

勾配が五～六パーセントから、最大でも七～八パーセント程度の坂なので、さほどきつい登りではないのだが、全長が十キロメートル強と決して短くはない。この登りのペースだと、体重があるタイプのスプリンターには、ちょっと辛いかもしれない。

桜井さんはスプリンターではあるけれど、登りもそこそこいける。ちらりと振り返ると、三橋さんの後ろにつけている桜井さんの表情は、集中しつつもまだまだ余裕がある感じだ。

そこでようやく、梶山さんのしようとしていることが理解できた。

峠を越えたあとの下りで、あるいはその後の平坦路に入ったところで、第二集団の七名を確実に捕まえ、そのうえでさらにその先の先頭集団を吸収して最後の集団スプリントに持っていこうとしているのだと思う。しかも、いまのそこそこ速いペースだと、登りが苦手なスプリンターの脚がどんどん削られて、結果、桜井さんが有利になる。

不思議なのは、登りもそこそこ行けるスプリンターだという桜井さんの脚質を、梶山さんがきちんと把握しているように思えることだ。たった一度しか一緒に練習していないのに……。

その瞬間、うわっ、と声を上げそうになった。

前を走っている選手の自転車の後輪に、僕の自転車の前輪が接触しそうになって、ひやりとしたのだ。

やばい、やばい、余計なことを考えている場合じゃなかった。

こういうケースで接触すると、たいてい後ろを走っている選手のほうがハンドルを取られて落車、つまり転倒する。この世界でいう「はする」というやつだ。自分が落車するだけならまだいいのだが、僕のせいで桜井さんまで落車に巻き込んでしまっては一大事だ。

集中、集中。

そう自分に言い聞かせ、周囲の選手たちの息遣いを聞きながら、ペダルを回し続ける。

登りで速度が落ちているせいで、タイヤが発するロードノイズが小さくなり、ヘルメット周りの風切り音も聞こえなくなる。時おり耳に入る金属音はギヤチェンジの音だが、勾配がわりと一定なのでそう頻繁ではない。

これだけの自転車が一塊になって走っているというのにほぼ無音という、ちょっと不思議な世界だ。こうしてレースを走っていても練習でも、登りはいつでも苦しくて辛いけれど、この無音の世界が、なぜかは自分でもよくわからないのだけれど、僕は好きだ。

まだ三月の下旬で標高もあるため、気温は低い。せいぜい十度ちょっとくらいだろう。けれど、噴き出た汗がこめかみから顎へと伝い、ぽたりぽたりと自転車のフレームに滴り落ちていく。

僕らがいるメイン集団は、登りが苦手な選手やコンディションがよくない選手たちをある程度ふるい落とし、それ以外は大きく分断されることなく坂を登り切った。

下りに入って速度が上がる前に、ボトルから水を飲み、ジャージのポケットから補給食のジェルを取り出して、最後のエネルギー補給をする。

梶山さんが先頭を引いたまま、プロトンは峠を下り始めた。とたんに速度が上がり、登りでは密集していた集団が縦長になる。

サイクルコンピューターに表示される速度はときおり時速八十キロを超え、そのスピードになると足の回転が追いつかなくなるので、ペダルを回すのを止《や》めて深い前傾姿勢を作り、可能な限り空気抵抗を減らす。ヘルメット周りの風切り音とともに響き渡るのは、ペダルを止めたことで発生する後輪ハブからのシャーッというラチェット音と、カーボンホイールのリムに当たるブレーキシューのキューンという音だ。

それにしても速い。梶山さんを先頭に、宇都宮ブラウヒンメルの選手、そしてエルソレイユ仙台のメンバーと、棒状一列になって右に左にと車体を傾けながら、一気に峠を下っていく。

ロードバイクに乗り始めたのが遅かったからだと思うのだが、下りはあまり得意じゃない。速度が上がるにつれて視界が狭まり、どうしても怖さが先に来て、ビビってしまうのだ。今の速度が、たぶん、僕にとっては、ほぼ限界。

できればもうちょっとだけ抑えてほしいんですけど、と梶山さんの背中を見ながら念じてみたものの、テレパシーが通じるわけもなく、まったく速度を緩めることなく、ダウンヒルをかっ飛んでいく。

このままだと下りきる前にどこかでミスしそうだ。それよりは、少しだけ速度を落とし、それによって開いてしまう差を平坦路に入ってから取り戻そうか……。

どうしよう、と考えていたところで、梶山さんの直後についていた宇都宮ブラウヒンメルの選手が、右コーナーの進入でラインを外し、外側に膨らみ始めた。そのまま吸い込まれるようにガードレールに接近していく。

反射的にブレーキレバーを強く握りそうになった。強く握っちゃだめだと自分に言い聞かせ、人差し指がレバーに軽く触れる程度にとどめたまま、僕の前を走っている成田選手に必死になってついていく。

コースアウトしそうになった選手の自転車の後輪がロックし、横滑りして転倒した。選手と自転車がもつれ合うようにして道路の左側車線を滑っていく。

ガードレールに激突したり、谷に落ちたりする前に、落車した選手の身体が止まるのが見えた。直後に僕はその脇を通過した。落車した選手がどうなったか振り返る余裕はない。ただし、いやな音は背中に届いてこないので、さらなる落車は誘発せずにすんだみたいだ。

落車したのがアシスト選手だったため、梶山さんに続いている宇都宮ブラウヒンメルの選手たちは、誰も速度を落とさない。非情だけれど仕方がない。というより、この速度だと、誰もが自分のことでいっぱいいっぱいで余裕なんかないはずだ。

ほどなく周囲の風景が変わり、やけに長く感じられた下りがようやく終わった。

背後を確認すると、僕の真後ろの三橋さんの顔が引き攣っていたけれど、チームのメンバーは全員無事だったようだ。

かなりほっとする。

やれやれ、と息を整えたところで、プロトンのすぐ先に、逃げようとしていたはずの第二集団の七名の姿が見えた。

その七名をなんなく吸収したところで、梶山さんが僕の位置まで戻ってきた。

背後を振り返り、チームメイトがそろっているのを確認した梶山さんが、

「しばらくは宇都宮に任せる」そう言って、にやりとする。

審判のオートバイが、再び一塊になったプロトンを、クラクションを鳴らして追い抜きながら、先頭集団との差が四十秒のボードを出した。

残り距離は二十キロメートルで、若干の向かい風。先頭集団を楽勝で捕まえられるタイム差だ。

昨日と同じだった。

梶山さんがこのレースを支配している。

見た目には総合リーダーの宇都宮ブラウヒンメルがレースをコントロールしているように見えるだろうけど、重要なところでは常に梶山さんが動いて、思惑通りのレースを作っている。

梶山さんに対して、マジですげえや、と言っていた三橋さんの言葉の意味がよくわかった。

すぐ前を走る梶山さんの背中を見ながら唐突に、ある思いが浮かんだ。

梶山さんのような選手になりたいと思った。

陸上競技からの転向組で、誰かにあこがれてこの世界に入ったわけではないから仕方ない話ではあるけれど、これまでの僕には、プロの自転車選手としてこんな選手になりたいという、明確なイメージがなかったと言っていい。

それが変わったことを、いまの僕は意識していた。レース中に考えるようなことではないのだけれど、梶山さんのような走りができる選手になりたいと、羨望まじりに願っている自分がいる。

集団が一時的に安定したせいで、あれこれ思いを巡らす余裕ができたわけだが、それも長くは続かなかった。

ゴールまでの残り距離が五キロメートルを切ったところで、予定通り、プロトンは先頭集団を吸収した。先頭集団から一人だけ飛び出してさらに逃げようとした選手がいたものの、少しずつ速度が上がりだしたプロトンにとってはなんの脅威にもならず、瞬く間に呑み込んでいく。

ゴールが設定されている街が近づいてきた。

片側が二車線のバイパスに入ったところで、広くなった道幅を利用してポジションを上げようとするチームが出てくる。いずれも集団スプリントでのステージ優勝を狙っているチームだ。

それにつれてプロトンの速度が上昇していく。僕らエルソレイユ仙台は集団の前のほうに位置してはいるものの、さっきまでと違い、僕のポジションで二十番手くらいだろうか。このまま集団に埋もれていったらまずいんじゃないかと、ちょっと不安になる。けれど、梶山さんの背中に焦りの色はかけらもない。

残り距離三キロ。大きな交差点を右折し終えたところで、梶山さんが振り返った。

「桜井、オッケー？」

「オッケーです！」

梶山さんに答える桜井さんの声が背後で聞こえた。

直後に梶山さんがペダルを強く踏み込み始めた。スムーズだけれど確実に速度が上がっていく。

残り距離二キロの看板を過ぎたところで、今度は交差点を左折した。

ついさっきまでは集団に埋もれそうになっていた僕らだが、気づくと十番手以上ポジションを上げていた。梶山さんがなんでこんなふうにポジションを上げていけるのか、不思議でならない。

僕らの前にいるのは、オーストラリアチームの二名と香港チームの一名、それに国内チームのスプリンターが一人だけ。最終列車を整えることができているのは、たぶん僕らエルソレイユ仙台だけだ。

ゴールまで一キロを切ったところでさらにポジションを上げ、前を行くのが二名のオーストラリア選手だけになったところで、

「あとは頼んだ!」

梶山さんが叫んで、トレインから離脱した。

それによって先頭から三番手につけた僕は、そのまま最後の右コーナーを曲がった。

「右から行け!」

桜井さんの指示が飛ぶ。

右に進路をずらし、オーストラリア選手に並び掛ける。

そのさらに左に、蛍光イエローのジャージがトレインを組んでじりじりとポジションを上げてくるのが、ちらりと見えた。

サドルから腰を上げてハンドルを引きつけ、上半身の力も使って懸命にもがく。

残り五百メートルの看板が後方に飛んでいくのを視界の端でとらえた。

呼吸が限界となり、両脚の感覚も失《う》せる。

これ以上頑張っても速度が落ちるだけだ。

あとは三橋さんに桜井さんの発射台を任せるしかない。

ここで離脱。

そう決めた直後だった。

えっ、なんで？

一瞬、頭の中が疑問符だらけになったのを覚えている。

派手にひっくり返る自転車と選手によって進路が塞《ふさ》がれ、次の瞬間、僕の身体は自転車から離れて宙に舞っていた。

14

ツール・ド・とちぎが終了した三日後、僕は仙台市内の病院の整形外科病棟にいた。

落車による左鎖骨骨折および、あちこちの打撲と無数の擦過傷。

病棟のベッド上にいるのは、昨日、鎖骨を固定する手術を受けたばかりだからだ。

単純な鎖骨骨折の場合、固定バンドを使った保存療法になるのが通常なのだが、骨折箇所を固定する手術を選択した。医師から状況を説明してもらったあと、手術をしてほしいと希望したのは僕自身だ。理由は一つ。手術をしたほうが、治癒が早いからだ。まだシーズンが始まったばかりだ。できるだけ早く退院して、リハビリをしながらトレーニングを再開し、早急にレースに復帰したかった。でないと、ツアー・オブ・ジャパン、そして全日本選手権という前半戦で最も大きなレースに間に合わない。

手術に臨む前は、そう考えていた。

だが昨夜くらいから、最初はごく小さかった迷いが次第に膨れ上がり、いまや大きな葛藤になって僕の頭と心を悩ませていた。

自転車ロードレースの選手を続けるか、それとも、この機会に辞めてしまうか。その二者択一でベッド上の僕は悩んでいる。

落車による大怪我という惨事に遭遇しつつも、一刻も早いレースへの復帰を最初に考えたのは、もしかしたら、レース中のアドレナリンの影響が残っていたせいかもしれない。それに加え、自分のせいでチームに大きく迷惑をかけてしまったという焦りもあった。

僕の落車によって、桜井さんによるステージ優勝という目標は達成できなかった。幸運にも桜井さんや三橋さんは落車に巻き込まれずにすんだのだが、それは僕のミスによるものだったので、皮肉と言えば皮肉な話である。

集団スプリントに備えながら一部始終を後ろから見ていた桜井さんが、落車の時の状況を教えてくれた。

最後のコーナーを回ったあと、僕らエルソレイユ仙台と同様にステージ優勝を狙っている企業系国内チーム、サイバーロボテックの三名がトレインを組んで左側から上がってきた。僕が視界の隅でちらりと捉えた蛍光イエローのジャージの選手たちだ。どうやらレース中、集団内でずっと息をひそめて脚を貯めていたことで、最後のスプリントでトレインを組む余裕があったようだとは、さらに少し後方で様子を見ていた高畑さんの話である。

サイバーロボテックの先頭で引いていた選手が離脱する際、左側ではなく右側に進路をずらした。ほぼ同時に、二名でスプリントに挑もうとしていたオーストラリアチームのアシスト選手が、自分の仕事を終えて進路を変えたのだが、左側に寄ったためにサイバーロボテックの選手と接触し、その反動で右側方向へ激しく転倒した。トレインから離脱しようとしていた僕の目の前に突然飛んできた自転車と選手がそれだった。

横からスライディングするようにぶつかってきたオーストラリア選手の自転車に前輪をすくわれて、そのまま僕は左肩からアスファルトに叩きつけられるように落車した。

僕の落車に三橋さんと桜井さんが巻き込まれなかったのは、僕と三橋さんとの車間が、三車身くらい開いてしまっていたからだった。最後に全力でもがきすぎたせいで、後ろにつけていた三橋さんをちぎってしまったのである。怪我の功名というか、そのおかげで、三橋さんも桜井さんも落車を回避できたのだった。

けれど、その結果、桜井さんはゴールスプリントに絡めなかった。結局、ステージ優勝を果たしたのは、間一髪で落車せずにすんだオーストラリアの選手だった。先行したサイバーロボテックのエーススプリンター、香川《かがわ》選手をゴールの直前で差し切り、ホイール半分の差でゴールラインを通過した。

結局、僕らエルソレイユ仙台にとっては、さんざんなレースとなった。オーストラリア選手がボーナスタイムの十秒を得たのに加え、続いてゴールになだれ込んだメイン集団とのタイム差を三秒稼ぎ、最終的に一秒差で梶山さんを逆転して、総合三位に順位を上げて表彰台に上ることになったのである。

僕が落車する直前まで、チームの戦略は完璧に機能していた。それを僕が台無しにしてしまった。

もちろんチームメイトは誰一人として僕を責めなかったが、僕自身は大きな責任を感じていた。

この失敗をなんとかして挽回しなければ。なんとかしてとは、一刻も早くレースに復帰して、高畑さんや桜井さん、そして梶山さんをアシストして、ということだ。

そう決意したはずだったのだが、手術を終え——手術自体はなんの問題もなく成功した——、安静状態に置かれたことで、あらためて自分自身を見つめる時間を、半ば無理やり与えられることになった。

レース中、梶山さんのような自転車選手になりたいと思ったのは事実だ。純粋にそう思った。

けれど、こうして冷静に、そして客観的に自転車選手としての自分を分析してみると、梶山さんのようになりたいからといってなれるものではない、いや、なれるわけがない、という結論に至るしかなかった。

きっかけとなったのは、昨日の夕方、一人でお見舞いに来てくれた梶山さんとの会話だった。

地元のテレビ局の取材があってほかのメンバーと一緒に病院に顔を出せなかったと前置きをした梶山さんが、

「まだ痛む？」と僕に訊いた。

「いや、もう大丈夫です」

「鎖骨じゃなくて、擦過傷のほう」

「そっちは、ええ、まだかなり」

「あまり眠れてないんじゃない？」

「確かに、夜中に何度も目を覚ましちゃいます」

「でも、最終日の落車でよかったじゃん。ツールとか、長いステージレースの真っ最中に痛みで眠れないと、そりゃあもう最悪」

なるほど、梶山さんは、ヨーロッパでそういうレースを実際に経験しているんだ。

「そうですよねえ」

「というか、さすがに鎖骨が折れてちゃリタイアするしかないけどね」

小さく笑った梶山さんに、あらためて謝る。

「すいません。僕のせいでチームのステージ優勝を逃したばかりか、梶山さんの表彰台もふいにしちゃって、ほんと申し訳なく思っています」

「気にすることないって。今回の落車は不可抗力なんだから仕方がないさ」

「はあ……」

「なんか、浮かない顔だね」

「本当に不可抗力だと言っていいんだか、ちょっと割り切れないのも確かで……」

「どういうこと？」

「オーストラリアの選手が最初に落車するところまでは同じだとして、その時の僕がトレインをきちんと組んだままだったとしたら、もしかしたら、落車を回避できたような気がしないでもないんです」

「ああ、なるほど。三橋をちぎっちゃったこと」

「ええ、そうです」

「あいつがちぎれたの、気づいていなかった？」

「そうなんです。先行しているオーストラリアチームの二人しか目に入っていなくて

……」

「なるほどねえ、そういうことか」とうなずいた梶山さんが続ける。

「落車には二種類あってさ。どうしても避けられない落車と、避けることができたはずの落車。で、たいていの落車は気をつけていれば避けられる。だから、全落車の九割以上は、路面の状況と周りの選手たちの様子を冷静に観察していれば避けられるはずだと俺は思っている。で、結果論でしかないけどさ、あの時の湊人が三橋の状態、それと左から上がってきたサイバーロボテックの動きをしっかり把握していれば、確かに落車は避けられたかもね。自分の目の前をオーストラリアの選手と自転車がすっ飛んでいって、かなりびっくりすることになったとは思うけど」

「やっぱりそうですよねえ」

「なあに、これも経験。そう思って、気持ちを切り替えればいいじゃん。鎖骨が折れただけなんだから、固定式のローラー台だったら、三日もすれば乗れるでしょ」

ごく当たり前のように言った梶山さんが、

「そういえば、監督から聞いたんだけど、レース中の落車は今回が初めてなんだって？」

「はい」

「練習中は？」

「ないです」

「マジで？」

「乗り始めのころ、ペダルを外し損ねて立ちゴケをしたことが二度ありますけど」

「それだけ？」

「ええ」

「それ、すごいじゃん」

「いやいや、すごいんじゃなくて、臆病なだけなんだと思います」

「いやいや、臆病なのは怪我しないためには大事なこと。ええい、いっちゃえっ、みたいなのが一番まずい。実際、俺って、こう見えてかなりビビりぃだし」

「あのダウンヒル、全然そうは見えませんでしたけど」

「それって、経験値の差でしかないって」

「経験値というよりは、俺、そもそもセンスがないのかもしれないです」

「あれ？　なんか弱気だねえ。もしかして今回の落車で自転車が怖くなった？」

「もしかしたら、ええ……」

「どうなのかはいずれわかることだから、いまから心配しても始まらないって」

「いずれわかるって、あの、どういうことでしょうか」

「乗れる状態にまで快復して、実走で自転車に乗った時にってこと」

「あのぉ、一つ訊いてもいいですか」

「うん、なに？」

「梶山さん、大怪我でツールに出られなかった年があったじゃないですか」

「あー、あれ。腰骨をやっちゃった時」

「ええ。その時はどうだったんですか？　怪我のあと、初めて外で自転車に乗った時、怖いとか思わなかったんですか？」

「いやあ、ただただ嬉しかっただけだなあ。また自転車に乗ることができて、楽しくてしようがなかった」

「復帰後の最初のレースも怖くなかったんですか？」

「レースに戻って来られて嬉しかった。というか、かなりわくわくしたのを覚えている」

「すごいですね」

「いやいや、ただ単に自転車が好きなだけ」

僕の中に迷いが生じ始めたのは、そんな会話をして梶山さんが帰ったあとだった。

やっぱり梶山さんは、肉体的にも精神的にもけた外れにタフな人なんだなと、そう再認識した。

じゃあ僕は？　と考え始めたところで、どんどんネガティブになってきた。梶山さんと自分を比べること自体が間違っているのだろうけれど、レース中に見ることができた梶山さんの走りは、トッププロの一人としてヨーロッパのレースを十年以上も走ってきたからこそ可能なもので、あこがれたからと言って真似できるものではない。梶山さんのように走れるということは、ワールドチームのメンバーとして走れるのと一緒である。つまり、ものすごく単純化すれば、僕の自転車選手としての目標は、ヨーロッパのワールドチーム入りでなければならない、という話になる。

それはどう考えたって無理。夢を見るのはいいかもしれないけれど、現実的には絶対に不可能。自信を持ってそう断じるしかなかった。自信を持つようなことじゃないかもしれないけれど。

もし、今後も自転車選手を続けるとしたら、僕はいったいなにを目標にすればよいのか。そもそも僕は、明確な目標を持ってこの世界に入ってはいなかったのではないか。こんな中途半端な気持ちで選手を続けることは、ほかのメンバーやチームに対して失礼なことなのではないのか……。

気分が負のスパイラルに陥っているのはわかるのだが、自分ではどうしようもなかった。入院している病室のベッドが、大部屋の出入り口側にあるせいで、窓からの眺めが見えないのも気分を滅入らせる一因になっているのかもしれなかった。

擦過傷の痛みが残っているとはいえ、歩けないわけじゃないので、面会用のデイルームにでも行って気分転換を図ったほうがよいかもしれない。

入院中はできるだけベッドで安静にしているようにとは言われているけれど、少しくらいならかまわないだろう。

ベッドから降りてスリッパを履き、自動販売機用の小銭を持って病室を出た。

三角巾で腕を吊り、固定用のバンドを装着しているので窮屈ではあるけど、歩いても強い痛みが走ることはなかった。

梶山さんだったら、三日もすればどころか、すでに退院してローラー台に乗り始めているかもしれないなと、ふと思う。

今日中に退院してローラー台に乗り始めたら、梶山さんになれるのだろうか……。

そんな思いが頭に浮かぶ。

この先も自転車選手を続けるのだとしたら、それくらい思い切った行動をしたほうがいいのかも……。

そんなことを考えながら廊下を歩き、明るい陽光が差し込んでいるデイルームを前にしたところで、

「小林さん」

背後から女性の声で呼び止められた。

病室を抜け出たのを看護師さんに見つかっちゃったようだ。

トイレに立っただけですと言い訳をすることにして、足を止めて振り返った。

看護師さんじゃなかった。

僕を呼び止めたのは、お見舞い用の花を携えたチームのアシスタントマネージャー、佐久間瑞葉さんだった。

15

柔らかい陽射しに満ちた病院のデイルームで、僕はかなり緊張して、お見舞いに来てくれた瑞葉さんを前にしている。

緊張の理由は明らか。瑞葉さんと一対一で話をするのは、これが初めてだからだ。

チームの運営会社、サイクルライフ仙台の事務所で顔を合わせることはあるし、イベントがある時やレースの際はスタッフとして同行するので、瑞葉さんとは何度となく会話をしている。でも、周りにほかのメンバーやチーム関係者が一人もいない状況で話をしたことは、これまで一度もなかった。

「まだ、痛みますか？」

瑞葉さんのほうも、僕ほどではないけれど緊張しているみたいだ。

「鎖骨のほうは問題ないです。無理に動かそうとしなければ、ほとんど痛まないですから。

むしろ、擦過傷のほうが……」

三角巾で吊ってある左腕の肘のあたりを指さすと、

「ですよねえ」

そう言った瑞葉さんが、右手を自分の左腕に持っていき、かすかに身を震わせて顔をしかめた。

その反応が可愛い。自分より年上の女性——二つ上の二十五歳なのを歓迎会の時に知った——に可愛いなんて言ったら失礼だけど。

「それで、退院はいつごろになりそうなんですか」

瑞葉さんが訊いた。

「一応、明後日の午後の予定になっています」

「わかりました。じゃあ、昼過ぎ、午後一時ごろに迎えに来ますね。それでいいでしょうか」

「いや、大丈夫です。自分で歩けますから、タクシーでも呼びますよ」

「仕事です」

「え？」

「怪我をした選手のケアも、アシスタントマネージャーの仕事のひとつです」

そう言った瑞葉さんが、

「澤井監督と葛西さんからの指示ですので」と、事務的な口調で付け加えた。

「あ、そうですか。であれば、とても助かります。お手数をおかけしますが、よろしくお願いします」

「では、退院日までに、監督と整骨院の山下先生に相談して、リハビリのスケジュールを作成してきます。それと、小林さんの回復状態にもよりますけど、ローラー台でのトレーニングを始める場合は、私がご自宅に迎えに行きますので、サイクリングベースのトレーニングルームを使ってください。通院やリハビリの送り迎えも、すべて私が担当します」

「いや、それはさすがに申し訳ないです。バスと地下鉄を使えば問題ないですから、移動は自力で大丈夫です。それから、アパートにもローラー台はありますので、わざわざサイクリングベースに行かなくても支障はないです」

「小林さん」

「はい」

ちょっと怒ったような声色で名前を呼ばれ、反射的に背筋を伸ばして返事をした。その際、左肩に痛みが走って思わず「痛っ」と声が出てしまった。

「大丈夫ですか？」

心配そうな顔をした瑞葉さんに、大丈夫です、と答えてから、

「いや、ほんとうに送り迎えは必要ないですから」重ねて僕が言うと、

「だから、仕事だって言いましたよね」

強い口調になった瑞葉さんが、

「たとえば、ローラー台でのリハビリ中になにか問題が起きた時、周りに誰もいなかったらまずいとは思いません？　小林さんが自分のアパートでローラーに乗っている時にたまたま転倒して、せっかく固定した鎖骨がさらに複雑骨折なんかして、その結果、再起不能なんてことになったとしたら、その場に付き添っていなかった私の責任になってしまいます。つまり私は、小林さんがローラー台でのトレーニングを再開する時には、必ず付き添っていないとまずいわけ。ということはですよ、小林さんがどうしても自分のアパートでローラー台に乗りたいのだと言い張るのであれば、独身男性のアパートに独身女性が一人で訪ねて行くっていう構図になっちゃうわけですよね。しかも、一時間も二時間も密室状態で。それって、どう考えても、客観的にまずいですよね」まくしたてるように一気にしゃべった。

しばらく僕の顔を見つめていた瑞葉さんが、眉根を寄せながら尋ねる。

「どうかしましたか？」

「いや、あの、思わず圧倒されたというか、なにも反論できないというか……」

正直な感想が口をついて出た。

「ごめんなさい！」

なぜか顔を真っ赤にして瑞葉さんが僕に向かって頭を下げた。

どうリアクションしたらよいのかわからなくて戸惑っていると、顔を上げた瑞葉さんが、ショートカットの髪を自分でくしゃくしゃっともみくちゃにしてから口を開いた。

「すいません。つい、思ったことをそのまま口に出しちゃって。なんというか、それ、私の癖というか、悪いところというか……学生時代も友達によく言われていたんですけど、なにかにカチンとくると、言わなくてもいいことまで口に出しちゃうことがよくあるみたいで……。それで実は、前の仕事場では上司と衝突しちゃって、結果、クビになったというか、いえ、解雇されたわけじゃなくて、自分から辞めたんですけど……。あれ？　ごめんなさい！　こんなことしゃべっても意味ないですよね。ほんとうにごめんなさい」

寸前までとは違ってしどろもどろに言った瑞葉さんが、もう一度、頭を下げた。

「そ、そんなに謝らないでください。別にあの、なんというか、えーと、瑞葉さんには、そうです、なにも非はないですから、堂々と胸を張ってください。悪いのはたぶん、いえ、間違いなく上司さんのほうであって……あれ？……」

同じくしどろもどろになって答えた僕の目を、瑞葉さんがじいっと見つめた。

なぜか、妙なおかしさが込み上げてきた。

瑞葉さんも同じだったみたいで、噴き出しこそしなかったものの、どちらからともなく同じタイミングで口許がゆるんだ。

「僕たち二人とも、途中から会話が意味不明なものになっていますよね」

「ですね、確かに」

笑みを浮かべたまま瑞葉さんがうなずき、

「よく考えたら、小林さんと一対一で話をしたのが初めてだったものだから、かなり緊張しちゃっていたみたいです。こう見えて、実はあがり症なんです、私」

「それ、僕もまったく一緒です」

「小林さんもあがり症なんですか？」

「それもありますけど、瑞葉さんと一対一で話をするのが初めてだったせいで必要以上に緊張したところが」

そう答えてから、とりあえず納得したような顔になっている瑞葉さんに、どうしても気になっていたことを尋ねてみた。

「ところでさっき、カチンとくると言わなくてもいいことまで口にしてしまう、みたいな話をしていましたけど、僕のなににカチンときたのか、教えてもらえますか。そういうの、ちゃんと聞いておいたほうが、自分にとってプラスになると思うので」

「それ、ほんとにごめんなさい。それって小林さんが悪いんじゃなくて、私が一人で空回りしていただけなんです」

「えーと、どういうことだか、よくわからないんですけど……」

「さっき、ちらっと言っちゃいましたけど、前に勤めていた会社、デザイン事務所だったんです。そこでうまくいかなくなって辞めたあとは、SNSとかの人材派遣を利用して適当にアルバイトをしながら、実家でぶらぶらしていたようなものだったんです。そこで、今回、こちらで働けることになって、それはそれで嬉しかったんですけど、実際のところ、母のコネで雇ってもらえたことは、自分でもわかっています。なので、そういう目で、つまりメインスポンサーの押し付けだからしょうがない、みたいな見られ方だけはされたくないって、必要以上に気負いすぎていたのかもしれないです。そんな時に、小林さんがレースに復帰するまでのケアという大事な仕事を任されて、全力でサポートしなくちゃと、かなり意気込んでいたんです。ところが、通院とかリハビリは自分でやれるから大丈夫だと、小林さんは遠慮して言ってくれていたとは思うのですけど、拒否されたみたいに思えて、すごく焦ったんです。なので、つい、あんなふうに……」

説明を終えた瑞葉さんがしおれた観葉植物みたいに、テーブルの向こう側で小さくなった。

その姿を見ながら僕は、ものすごく、と言ってよいほど、安堵《あんど》していた。

外見がボーイッシュな雰囲気の美人さんであることに加え、自分よりも年上なことで、すごくできる人、というイメージでこれまで瑞葉さんを見ていた。でも、どうやら全然そんなことはなく、僕とあまり変わらない、と言ったら本人には失礼だけれど、ごく普通の二十代の、そして、決して器用とは言えない生き方をしている女性なんだとわかって、安心するとともに、それまで感じていた近寄りがたさが霧散していた。

瑞葉さんがしてくれた説明に、よくわかりました、ありがとうございます、と答えた僕は、話はちょっと変わりますけど、と前置きをしてから訊いてみた。

「瑞葉さん、自転車ロードレースは詳しいんですか」

「ほとんどオタクです」

「え？」

「というか、母の影響で、もの心がついたころから、ロードレースが身近にあったという、ちょっと変わった環境で育ったもので」

「あ、なるほど。じゃあ、たとえば一番好きな選手って誰ですか？」

「現役選手でってこと？」

「現役かどうかは問わず」

「パンターニね、やっぱり」

「マルコ・パンターニ？」

「そう」

「現役選手では？」

「うーん、迷うところだけれど、ロメン・バルデかな」

瑞葉さんの答えを聞いて、ほとんどオタク、と自分を指して言った意味がよくわかった。「海賊」というあだ名を持つ故マルコ・パンターニは超有名なイタリアの選手なので、自転車好きなら知っていて不思議ではないのだけれど、それでもパンターニの全盛期は二十年ほども昔のことなので、僕もそうだが、瑞葉さんが小学校に上がる前に活躍した選手である。

一方のフランス人のロメン・バルデとなると、自転車ロードレースの熱心なファンでない限り名前そのものが出てこないだろうし、ファンであってもクリス・フルームだとかペーター・サガンであるとか、日本人選手だったら新城《あらしろ》選手とか別府《べっぷ》選手とか、もっと違う名前を挙げる人のほうが多いだろう。

「もしかして、クライマーが好き？」

「どちらかというと、うん」

パンターニは、当時世界最強と言われたクライマーだったたし、ロメン・バルデの名前がよく知られるようになったのは、確か、二〇一四年のツール・ド・フランスで、新人賞争いで二位に、総合では六位でフィニッシュしてからだったと思う。僕はそのころ、まだこの世界に入っていなかったので、後付けの知識ではあるけれど。

「瑞葉さん、自分でもロードバイクには乗るんですよね」

「ううん、もっぱら観戦です」

「ほんとですか」

「買い物とか近所の移動用にミニベロは使っているけど、ロードバイクには乗ってないです」

ミニベロというのは、直径が二十インチ以下のホイールが付いたコンパクトな自転車のことで、小径車という言い方もある。瑞葉さんがショートカットの黒髪を風に揺らせてミニベロに乗っている姿を想像すると、なかなかお洒落《しゃれ》で素敵だ。

それはそれとして、

「それだけ熱心なファンであるにもかかわらず、ロードバイクに乗らないのはどうしてですか？　ちょっと意外というか、不思議でならないんですけど」と、やっぱり訊きたくなってしまう。

「私、実は運動音痴というか、運動神経が全然ないんです。ミニベロならまだしも、ロードバイクに乗ったら絶対怪我しちゃうだろうし、上手く乗れる自信もないし……」

「それ、僕も一緒ですよ」

「一緒ってなにが？」

「運動音痴が」

「嘘でしょ？」

「嘘じゃないです。子どものころ、球技がすごく苦手で」

「あっ、私もそう」

「小学生のころって、ドッジボールとかミニバスとか野球とか、球技が上手いやつイコールヒーロー、みたいな世界になっちゃうじゃないですか。あれって、ちょっとないですよね」

「うん、まったくその通り」

「結局、球技がダメで、かといってかけっこが特別速いわけでもなく、そんなこんながあって、中学では陸上部に入ったんですよ。もちろん、最初から長距離希望で。で、実際に始めてみたら、そこそこいけるというか、長距離の場合、頑張れば頑張っただけ、それに見合った結果が出るので、それが唯一の励みになって大学まで続けた感じかなあ。結局、その陸上にしても、途中でやめちゃいましたけど」

「脚の故障で、と聞いていますけど」

「そうです」

「でも、そのおかげで自転車と出合えたわけでしょ？　自分の才能がほんとうに生かせる場が見つかったんだから、私から見ると、すごくうらやましい」

「いや、才能なんかないですよ」

「才能がないのにプロにはなれないですよ」

「いや、ほんとうにないですって」

「ないわけがないってば」

そこでふと、最初の緊張がすっかり消え、かなり親しげに瑞葉さんと会話をしている自分にあらためて気づき、その事実自体に、僕は少しばかりうろたえてしまった。

「どうかしました？」

ん？　という表情で首をかしげている瑞葉さんに、心のなかに鬱積《うっせき》しているものを吐き出してしまいたくなった。

唐突に浮かんだ思いだったのだけれど、抑えるのは無理だった。

「あの、話は戻ってリハビリのことなんですが――」そう切り出した僕は、このまま自転車選手を続けていくかどうかで迷っていることを、包み隠さず打ち明けていた。

僕の話がひと段落したところで、真剣な表情で耳を傾け続けてくれていた瑞葉さんが、まるで自分が痛みを感じているかのような口ぶりで言った。

「小林さん、すごく苦しんでいたんですね。それなのに私、リハビリの計画とかローラー台でのトレーニングとか、勝手に先走ったことばかり言って、申し訳なかったです」

「いえ、そんな、瑞葉さんが謝るようなことじゃないです。僕がヘタレなだけの話であって……。でも、どうしたらいいか、自分でもわからなくなっているのも事実なんです、情けないですけど」

「迷っていること、澤井監督や葛西さんには話していないんですよね」

「ええ。葛西さんはともかく、監督に話したら、いきなりどやされそうで」

「なんか、わかる気がする」

そう微笑《ほほえ》んだ瑞葉さんに、

「瑞葉さんはどう思います？　アドバイスを求められても困るかもしれないですけど、瑞葉さんの意見、よかったら聞かせてくれませんか」と、うながしてみた。

しばらく難しい顔をして考え込んでいた瑞葉さんが、自分に向かって小さくうなずくような仕草をしてから口を開いた。

「小林さんの人生がかかっていることだから無理強いはできないですけど、でも、続けてみたほうがいい気がします。自分を振り返ってみると、まだ二十五年しか生きていないのに後悔だらけ。あの時こうしておけば、だとか、ああだったら、とかのタラレバばかりで、私ってほんとにダメ女なんです。私なんかに重ねられちゃ迷惑だと思うけど、でも、せっかく持っている才能を磨かないまま、ここでやめちゃったら、きっとあとで後悔することになると思う」

「あの、期待を裏切るようで悪いですけど、自分にはその才能そのものがないことが、なんかこう、実感としてわかったんです」

「なにか、そう思うようなきっかけがあったんですか？」

「昨日、梶山さんがお見舞いに来てくれていろいろ話をしたんですけど、絶対に梶山さんみたいにはなれないなと、明らかな違いを感じたんです。レベルが違うなんてものを通り越して、そもそも違う世界に生きていることをもろに感じちゃって……。なんか、うまく説明できなくて、自分でももどかしいんですが」

「どうして梶山さんになる必要があるわけ？」

まともに訊かれて言葉に詰まった。

「小林さんは小林さんで、梶山さんを目指す必要なんか、ひとつもないと思うけど」

「いや、確かにそうなんですが……」

軽くため息をついた瑞葉さんが、迷いを振り切るような表情を目に浮かべた。

「別に口止めされているわけじゃないから言っちゃいますけど、その梶山さんが話していました。エルソレイユ仙台のメンバーで、今後が一番期待できるのは、小林湊人だって」

「え？　ど、どこでですか……というか、それはないと思います」

「私が嘘をついているとでも？」

「いや、そうじゃなくて、えーと、なにかの聞き間違いなのかも」

「聞き間違いじゃないわ。実は一昨日、ママ、ううん、母が仙台に来てたんですけど、梶山さんと一緒に晩御飯を食べたんです」

「三人で？」

「そう。で、その時母が、チームで一番見込みのありそうな若手選手は誰かって、梶山さんに真面目に訊いたんです、そしたら、迷わず小林湊人と答えていたの」

「梶山さんが、ほんとうに？」

「ええ」

「なんでだろ……」

「母も気になったみたいで、理由を訊いてました。えーと、あの、本人を目の前にして言うのは失礼だけど、これまでたいした成績は残せていないのになぜって。あ、それって母の言葉ですからね」

「気にしなくていいです。それ、事実ですから。それで、梶山さんはなんて答えたんですか」

「まだ覚醒していないだけ。そう答えて笑っていました。それ以上のことは、母がいくら訊いてもはぐらかして教えてくれませんでしたけど、でもそれって、その場に私もいたからかもしれないな」

「覚醒していない、ですか……。なんだか、ガンダムとかエヴァンゲリオンみたいな話だなあ」

「小林さんって、ガンダムとかエヴァ、好きなんですか？」

「時々奇異な目で見られちゃいますけど、ええ……って、もしかして、瑞葉さんも？」

「どちらかというとエヴァ派」

そこで慌てたように、

「すいません、話を戻しますね――」と言ってから続けた。

「ともかく、梶山さんがなんの根拠もなく、そんなことを言うわけはないと思うんです。だから、その言葉を信じてみるのも悪くないかも」

「覚醒を期待して？」

「そう」

うーん、どうも話が妙なことになってきた……。

とは思いつつも、急に気分が軽くなったような気がしているのも事実だった。瑞葉さんが言うように、そんな場面で適当なことを梶山さんが口にすることはないだろうし……。

なにより、チームで一番見込みがありそうな若手として、梶山さんが僕の名前を挙げたという事実が、素直にうれしい。と同時に、梶山さんの期待に応えられるものなら応えてみたいという気持ちにもなってきた。自分でも単純すぎると思うのだけれど、モチベーションって、そんな些細《ささい》なことで上がったり下がったりするものかもしれない。

そこで僕は、今シーズンがスタートする前のことを唐突に思い出した。

契約更改のあのごたごたがあった際、なぜか、キャプテンの高畑さんも澤井監督も、こんな僕に期待をかけてくれた。それに対する恩返しらしい恩返しは、まだなにもできていない。そんな状態でチームを去ってしまったら……。

「瑞葉さん」

あらたまって僕が名前を呼ぶと、

「はい」

瑞葉さんもあらたまった口調で返事をした。

「リハビリとトレーニングのサポート、よろしくお願いします。どこまでできるかわからないですけど、一日でも早いレースへの復帰を目指しますので」

「うん、任せて」

そう答える瑞葉さんの笑顔が、とても眩《まぶ》しく見えた。

16

ツール・ド・とちぎでの落車からちょうど一ヵ月後、僕は、チーム練習時の休憩ポイントのひとつとなっている、七ツ森のダム湖駐車場にいた。梶山さんと初めて一緒に練習で走った時に利用した駐車場だ。

ダム湖の湖畔には公園があって、桜の季節は花見客でかなり賑《にぎ》わうのだが、満開の時期から二週間あまりが過ぎていて、桜の木々は淡い緑の葉をつけ、日曜日ではあるものの、ダム湖を訪れる車の数は減っている。

つまり、自転車でのトレーニングに最適な環境が、いつものように戻ってきている。

そのダム湖の駐車場に、僕は瑞葉さんと一緒にやって来ていた。

正確に言うと、ステーションワゴンタイプのチームカーのルーフキャリアに僕の自転車を載せ、瑞葉さんの運転でここまで移動して、キャリアから降ろした自転車にまたがる準備が整った、という状況だ。

ほかのメンバーやチームスタッフはいない。日曜日の今日、エルソレイユ仙台が主催するサイクリングイベントがあって、僕と瑞葉さん以外は、全員そちらに駆り出されているからだ。

「緊張している?」

心配そうな顔つきで瑞葉さんが訊く。

「案外、そうでもないです」

「おお、それは頼もしい。ノープロブレムかも」

「だといいんですけど」

そう言って僕は、自転車にまたがり、まずは右足のクリートをペダルにはめた。

サイクルコンピューターに表示された心拍数が、まだ走り出してもいないのに、一分間に百近くまで上がっている。僕の平静時の心拍数は四十五前後なので、この心拍数は普通じゃない。

案外、そうでもないです、と瑞葉さんには言いながらも、かなり緊張しているようだ。鎖骨を骨折して以来、戸外で自転車に乗るのはこれが初めてなのだから無理もない。

退院した翌日から、転倒のリスクがない固定式のローラー台を使って自転車に乗り始め、最近の一週間ほどは、実走に近いバランス感覚が必要な三本ローラーで室内トレーニングをこなしてはいたけれど、やっぱり、戸外で走るのとは大きな差がある。

一度深呼吸してからペダルに乗せた右足に体重を預け、自転車がすうっと前に動き出したところで左足のクリートをペダルにはめる。

そのまま駐車場内をゆっくりと一周して、チームカーのそばにいる瑞葉さんのところに戻って、自転車を止めた。

「湊人くん」

僕が口を開く前に、瑞葉さんが僕の名前を呼んだ。呼び方が「小林さん」から「湊人くん」に変わっているのは、さん付けじゃなくていいですよ、とある時僕がリクエストしたのと、監督も葛西さんも、ほかのチームメイトも、全員が名前のほうで僕を呼んでいるのを受けての瑞葉さんの合作のようなのだが、前よりもいっそう距離が近づいたように思えて、実はちょっと、いや、かなり嬉しかったりする。

名前で呼ばれた僕が、はい、と返事をすると、瑞葉さんが目を細めて言った。

「めちゃくちゃニコニコ顔だよ。なにがそんなに楽しいのって笑っちゃうくらい」

「え？　俺、笑っていました？」

「馬鹿みたいに」

「マジで？」

「うん。自覚なかったの？」

「ぜんぜん」

「そうなんだ」

「はい」

あはは、と笑った瑞葉さんが、真顔に戻って尋ねた。

「ところで、鎖骨は大丈夫そう？」

「あ、すっかり忘れてた。でも、問題なさそうです」

「じゃあ、走ってみようか」

「ええ」

「コースは？」

「とりあえず水場まで」

「オッケー、後ろからついていくから、なにかあったら手を挙げて止まって」

「了解です」

「無理しないでね」

そう言って僕のそばを離れた瑞葉さんがチームカーに乗り込むのを待って、ゆっくりと走り始める。

駐車場を右折で出たあとは、百五十メートルほど下りが続く。

ペダルを回さなくても周囲の景色が背後に流れて行って気持ちがいい。この気持ちよさは、ローラー台では絶対に味わえないものだ。

下り切り、平坦路に入ったところで軽いギヤをくるくる回しながら、サイクルコンピューターの動作をチェックする。

液晶のディスプレイに表示されるスピード、ケイデンス、パワー、タイム、距離、すべてオーケー。心拍数も毎分七十くらいにまで下がっている。

ちらりと後ろを振り返った。

チームカーの運転席で、瑞葉さんが僕に向かって小さく手を振った。

うなずいた僕は、ブラケットポジション——左右のブレーキレバーの取り付け部分を握る、ロードバイク走行の最も基本的なポジション——のまま、まずは軽い負荷で脚を回し始めた。

あっ、すごく気持ちいい。

全身に風を受けて走るのって、こんなに気持ちよかったっけか……。

自転車の速度に合わせて、前方からゆっくり手繰《たぐ》り寄せられる一本道の左右には、まだ水が引かれていない田んぼが広がっている。

この辺ではゴールデンウィークの後半くらいから田植えが始まるので、水が引かれた田んぼがきらきら輝き始めるのはもう少し先だ。

あっ、まただ。

ふと気づいた。

鎖骨のことを、またしてもすっかり忘れていた。

ハンドルを軽く握ったまま、肩甲骨を開いたり閉じたりするようにして、肩周りの筋肉を動かしてみる。

痛みも違和感もない。

アスファルトの凹凸を拾ったタイヤが伝えてくる微振動が、なんだかやけに懐かしい。

ほぼ無風の穏やかな青空のもと、時速二十五キロ前後のごくゆっくりしたスピードでウォーミングアップを終えた僕は、チェーンリングを回す足の回転を少しずつ上げ始めた。

ケイデンスが百回転に達したところで、シフトアップする。回転数が九十ちょっとまで落ち、ペダルが少し重くなる。

ケイデンスを再び百回転まで上げて、もう一つギヤを重くする。

同様にして何度かシフトアップを繰り返し、時速三十五キロに達したところで巡航を開始した。

いてくる。
カーボンホイールが転がる、クォーッという軽快な音が、フレームを通して心地よく届

リヤスプロケットの歯数は、軽いほうから五枚目の十七。ケイデンスは九十回転をキープ。パワーメーターの表示は、二百ワット前後。僕らプロ選手にとっては、まだまだのんびりサイクリングしているような速度だ。

そのまま五キロほど走ったところで、二つギヤを重くしてサドルから腰を上げ、ダンシング——立ち漕ぎのことだ——で加速してみる。

速度が四十キロに達したところでサドルに腰を戻し、ケイデンスを九十五回転にキープする。

いい感じだ。脚が軽い。とにかく気持ちよくて仕方がない。

左に、そして右にと、二度大きくカーブしたあと、ほんの少しだけ登り勾配になった。といっても、二〜三パーセント程度の勾配なので、平坦路とほぼ一緒だ。

その区間を過ぎ、再び道がフラットになったところで、いったん速度をゆるめた僕は、フレームのボトルケージから水のボトルを取り出して、水分を補給した。

田んぼだらけだった周囲の景色が変わり、行く手に森が迫っていた。この先は、わずかに下って小川を越えたあと、五キロ弱の登りが始まる。

平均勾配は五パーセント程度。十パーセントを超えるような特にきつい坂はない。道路

もよく整備されていて走りやすいワインディングロードだ。

この坂を登り切ったあと、二百メートルほど下ったところに、大量の湧水が出ている水場がある。このワインディングを走る車のほとんどは、ポリタンクを積んで湧水を汲みに来る人たちだ。

ボトルをボトルケージに戻すと同時に、森の入り口に差し掛かった。

短い坂を下り切り、小川に架かる小さな橋を渡ったあと、すぐに登りが始まった。

勾配にあわせて自転車の速度が少しずつ落ちていく。

フロントとリヤのギヤを同時に変え、ケイデンスが八十から八十五回転のあいだをキープしつつ登り始める。出力は三百ワット前後。限界よりもだいぶ手前なので、淡々とペダルを回せるペースだ。

一ヵ月弱の室内トレーニングをサボらずに──瑞葉さんが見ている前ではサボりたくてもサボれない──続けた甲斐があって、心肺機能そのものは落ちていないようだ。というより、むしろ調子がいい。

ギヤを一枚だけ重くし、ブラケットポジションのまま立ち漕ぎに移行してみる。

肩周りの動きがどうか神経を集中させる。

大丈夫みたいだ。問題なくダンシングできる。

しばらく立ち漕ぎをしたあと、サドルに腰を戻してギヤを再び軽くし、ペース走に切り替えた。

右に左にと連続してコーナーが続き、コーナーを一つクリアするたびに、少しずつ標高が上がっていく。

サドルに腰を下ろしたままペダルを漕ぐシッティングと、立ち漕ぎのダンシングを交互に織り交ぜながら、静寂に包まれた森のなかを縫うように登っていく。

森のどこかから、ウグイスのさえずりが届いてきた。さえずり始めたばかりなのだろう。鳴き方がまだ下手くそだ。

それにしても、森林を満たす空気が爽やかだ。

吸い込む空気そのものが美味しく感じられる。

やがていったん頭上が開け、太陽に照らされたアスファルトが眩しく浮かび上がった。

下ハン――ドロップハンドルの下の部分――に持ち替えた僕は、シフトアップとともにダンシングに移り、ぐいぐいとペダルを踏み込み始めた。

頂上までは百メートルほど。

自転車を左右に振りながら、さらにスピードを上げていく。

大丈夫だ。肩は痛まない。軋《きし》みもしない。残りの距離を全力で駆け上がる。

ほどなく頂上を通過した。

そのまま走り続け、水場を目指して下っていく。

噴き出ていた汗が、風を受けて急速に冷やされていくのが気持ちいい。

水場に到着し、自転車を止めた。

自転車を、鉄パイプで組まれた、ガードレール代わりのフェンスに立てかけた僕は、ボトルの水ではなく、水場に設置されているパイプから噴き出している冷たい湧水を飲んだ。口をぬぐって、ふう、と大きく息を吐く。

最後の百メートルを全力で駆け抜けたので、まだ少し息が上がっている。

でも、形容できないくらい気分がいい。

自転車ってこんなに楽しかったっけか……。

自転車に乗ることがここまで楽しいと感じたのは、子どものころ、初めて自転車に乗れるようになった時以来かもしれない。

たぶん、と僕は思った。

僕の場合、陸上競技での故障のリハビリがきっかけになったため、そもそも自転車が好きなのかどうかという、一番大事な部分とは向き合わずに、ロードバイクに乗り始めたように思う。実際に乗ってみたら、陸上選手としての蓄積があったおかげで、いきなりサイクルロードレースの世界に飛び込むことになった。それって、もしかしたら、自転車選手の中にあっては少々特殊な部類なのかもしれない。

フェンスに立てかけた自転車をあらためて眺めてみた。

なんでだか、愛《いと》しさが込み上げてきた。

これまでは、あくまでも道具として扱ってきた自転車だったのだが、なぜかいまは大事な相棒みたいに見える。

こんな気持ちになったのは初めてだ。

「どうだった？」

背後で瑞葉さんの声がした。

道端に停めたチームカーから降りた瑞葉さんが、気遣うような表情を浮かべて立っていた。

「俺……」

ん？　と小さく首をかしげた瑞葉さんに、

「俺、自転車がめちゃくちゃ好きです。自転車に乗るのが楽しくてしょうがない。こんなに楽しい世界にいられて、俺、相当に幸せかも——」と言ってから、瑞葉さんが訊きたかったのは、鎖骨のことだと気づき、

「あ、鎖骨はノープロブレムです。まったく問題なしです」

「ほんとに、大丈夫？」

「ええ。早くレースに復帰したいです」

「よかった、ほんとうによかった……」

そう言った瑞葉さんが、笑顔になるのではなく、突然顔をくしゃくしゃにして、涙をこぼし始めた。

あ、あれ？　どうしよう……。

うろたえている僕の前で、くすん、と鼻をすった瑞葉さんが、目尻に浮かんだ涙をぬぐう。

「ごめんなさい。泣くようなことじゃないのに、なんというか、走り始める前はすごく心配だったんだけど、背中に羽が生えたように坂を登っていく湊人くんの後ろ姿を見ることができて、そのうえ、自転車が大好きだって、ほんとうにうれしそうに言うものだから、なんだか急に涙が出てきちゃって、これってたぶん、うれし涙……だから、気にしないで」

そう言った瑞葉さんが、頰を濡らした涙をしきりにぬぐいながら、泣き笑いの顔になった。

この一ヵ月弱、ずっと僕のそばで支え続けてくれていた瑞葉さんの、さまざまな表情や声、そして言葉が、一気によみがえり、もらい泣きしそうになった。と同時に、瑞葉さんを強く抱きしめたい衝動にかられた。

いや、しかし……。

汗だらけのジャージで、それって無理。絶対にNGだ。

このままならない状況に対して、少しがっかりしている僕と、どこかほっとしている僕と、まったく正反対の、二人の僕がいた。

17

一週間後、僕はエルソレイユ仙台のチームメイトやスタッフと一緒に、群馬県の北西部、みなかみ町にある「群馬サイクルスポーツセンター」にいた。

Jプロツアーの第六戦「東日本ロードクラシック　群馬大会」のDay－2、つまり二日目のスタート時刻が迫っていた。ローラー台を使ってのウォーミングアップを終え、そろそろスタート地点への移動が始まるところだ。

二日目といってもツール・ド・とちぎのようなステージレースではなく、一日目と二日目がそれぞれ独立したワンデイレースになっている。

コースは一周が六キロの周回コースで、細かなアップダウンが多く、前半の下り基調のなかでS字コーナーとヘアピンカーブが連続して出てくる、かなりテクニカルなコースである。ゴール手前一キロメートルほどに出現する「心臓破りの坂」が勝負所だ。最大勾配は八パーセントほどなので激坂ではないし距離も短いのだが、アタックをかけやすいポイントになっている。

十七周、百二キロの距離で争われた昨日のＤａｙ－１が、僕の復帰後の初レースとなった。

昨日のＤａｙ－１では、戦術について澤井監督からの特別な指示はなかった。いや、正確には各自フリーで走ってよし、の指示だった。

去年も同じ時期に同じコースでレースをしたのだが、その時も、初日はチームとしての作戦を、監督は特に与えなかった。

レースシーズンが始まってしばらく時間が経過すると、選手のコンディションがばらけてくるのが普通なので、フリーで走らせてその状況をチェックしたいというのが、表向きの理由である。

表向き、と言うのには訳がある。

このレースでの成績や働き、コンディションによって来月の下旬に開催されるツアー・オブ・ジャパンの参加メンバーがほぼ確定することを、あからさまには口に出さないものの、チームの誰もが知っているのだ。そのせいもあって、チームの雰囲気がいつもとは少し違っている。

ちょうど僕がリハビリを始めたころ、ツアー・オブ・ジャパンの出場チームが公開された。今年は、海外チームが八チーム、国内チームが日本ナショナルチームを含めて八チームの十六チームである。ナショナルチーム以外の国内チームはランキング上位チームが招待される形で出場を認められるのだが、エルソレイユ仙台は、去年に引き続き出場枠に入っていた。

問題は、一チームの出場選手が六名と定められていることだ。つまり、八名いるメンバーのうち、ツアー・オブ・ジャパンに出場できるのは六名だけで、二名が外れることになる。

今の段階では、高畑キャプテン、梶山さん、そしてチーム随一のスプリンターの桜井さん、この三名は出場が確定で間違いないと思う。残りの三つの枠を、三橋さん、原田さん、悠と陸、そして僕の五人で争うことになる。誰が選ばれるかは、今年のツアー・オブ・ジャパンをどのような作戦で戦うかによる。

いったい澤井監督は、どのような作戦を思い描いているのか。その点については、去年よりも今年のほうが、推測するための手掛かりがある。昨オフのミーティングで、高畑さんでステージ優勝を狙いに行くと明言しているからだ。ということは、全八ステージ中、ゴール前の集団スプリントが予想されるコースは除外されると見ていい。初日の個人タイムトライアルと富士山を登るヒルクライムも、個人の力がそのまま出るステージになるので、チームとしての戦略がどうのというステージではない。

そうしたことを考えると、サバイバル戦になりそうなステージをどう戦うかという話になってくるのだが、それを占う意味でも、この群馬サイクルスポーツセンターの難しいコースはうってつけだ。

そういうわけで、かなり意気込んで臨んだ昨日のDay－1のレースだったのだが、復帰後最初のレースとしては、まあまあ満足のいく走りをすることができた。

個人的な目標は、最後までメイン集団に残り、チャンスがあれば、上位十番手以内でのフィニッシュを目指すというものだった。

このコースで開催されるレースがどういう展開になるかは、その時によって全然違っていて、予想するのが難しい。最初から逃げに乗り、そのまま逃げ切ってゴールということは考えられないものの、逃げを捉えたメイン集団による集団スプリントになる場合もあれば、途中からの逃げが大きめの先頭集団を形成してゴールスプリントになる場合もあるし、終盤のエスケープが成功して単独での逃げ切り勝利もありと、過去のレース結果を見てみると、ほんとうにまちまちなのだ。

ただしひとつだけ共通して言えるのは、たいていの場合、時間の経過につれてメイン集団が次第に小さくなっていき、メイン集団から脱落した選手は主催者による足切りに遭ってDNF（途中リタイア）になることだ。一日で終わるレースなので、脱落した選手はあっさり切り捨ててしまっても問題ないという、大会運営上の措置であるようなのだが、その結果、全出走車中の半数ほどがDNFになることもまれではない。

つまり、フリーで走ってよしという監督からの指示があったDay－1のレースでDN

Fになるようでは話にならない、ということだ。で、実際の昨日のレースは、出走百二十五名中完走が六十二名、つまりほぼ半数の選手がDNFとなる、なかなか厳しい展開となった。

距離が百二キロと、短めのレースだったこともあり、序盤からアタック合戦が続き、逃げが生まれてはすぐにメイン集団に吸収されるという展開が中盤以降まで続いた。ようやく五名による逃げ集団が形成され、いったんレースが落ち着いたころには、メイン集団そのものが六十名ちょっとと、かなり数を減らしていた。五名の逃げも残り三周でつかまり、再びメイン集団が活性化して、最終的には七名の先頭集団――レースの終盤に入ってからメイン集団に先行し始めた集団のことは「逃げ集団」とは呼ばずに「先頭集団」と呼ぶのが普通になっているのでちょっとややこしい――とメイン集団に分かれ、タイム差が十五秒程度で最終周に突入した。

結局、ゴール手前一キロの心臓破りの坂で再び集団は一塊になり、最後はさらに数を減らした三十名あまりのメイン集団によるゴールスプリントとなった。

勝ったのは宇都宮ブラウヒンメルの若手パンチャー岡田《おかだ》選手。エルソレイユ仙台では桜井さんが三位に食い込んだのが最上位で、八名の全員がDNFにならずにゴールした。

僕はというと、最終的に絞り込まれた三十名ほどのメイン集団に残ることができて、トップとのタイム差はなし、十八位でのフィニッシュだった。ほんとうは最終局面で形成された七名の先頭集団に加わりたかったのだが、タイミングを失って乗り損ねた。けれど、結果的にはその先頭集団も吸収されたのだから、十位以内という目標には届かなかったものの、サバイバルな展開となったレースで最後までメイン集団で生き残ることができた結果には、十分に満足だった。実際にチーム内での順位は、桜井さん、高畑キャプテン、悠に続いて四番目だったし。

その結果に一番喜んでくれたのは、瑞葉さんだった。澤井監督やほかのチームメイトも、悪くない結果でレースに復帰できた僕に対して、それぞれねぎらいの言葉をかけてくれた。ところが、ひとりだけ違っていた。

そのひとりとは梶山さんである。

昨夜のミーティングが終わったあと、ホテルの部屋に戻る前に、廊下で呼び止められた。

「鎖骨はもうすっかりいい？」

そう訊かれた僕が、

「おかげさまで、問題ないです」と答えると、

「そりゃよかった」

目尻に皺を寄せながらうなずいた梶山さんが、

「でもさあ、ずいぶんつまんないレースをするんだねえ。ちょっと、いや、かなりがっかりした」

笑顔を消して言ったあと、冷水を浴びせられたようになって硬直している僕を残して、自分の部屋に姿を消してしまった。

そして一夜明けた今日、梶山さんに声をかけることができないままに東日本ロードクラシック群馬大会　Ｄａｙ－２が始まろうとしているのだった。

18

選手集合のアナウンスがあり、自転車にまたがってスタート地点に向かっている途中、後ろから右の肩を叩かれて振り返った。

梶山さんだった。

隣に並んだ梶山さんが、ゆっくり自転車を進めながら僕に言った。

「昨夜《ゆうべ》俺が言ったこと、気になっているんでしょ？」

どうしてこの人は、こんなふうになんの悪気もなさそうに人を食ったような言い方ができるんだろう。

そう思いつつも、図星であるのは間違いなく、僕はうなずいた。

「ええ、確かに……」口ごもりながらも、

「どういう意味だったのか知りたい？」

「それは、はい」

「じゃあ、俺と勝負しよう」

「え？」

「今日のレースで俺に勝てたら、意味を教えてやるってこと」

そう言って梶山さんが自転車を止めたので、僕もブレーキを握って梶山さんの顔をまじまじと見た。けれど、なにを言っていいのかわからず、

「あ、えーと……」と、言葉をにごしてしまう。

「なんで突然そんなことを？ って思ってるんでしょ。チームメイト同士で勝負だなんて、練習でもないのにって」

僕の心の内を見透かしているように、梶山さんがニコニコしながら言う。実際に見透かされてはいるのだけれど……。

「できるだけきつい展開に持っていって、最終局面では少しでも多くのメンバーが先頭集団に残ってポイントを稼ぎ、現場の状況で行けそうなメンバーがいたら優勝も狙う。それが今日のレースに対する監督の指示だったろ？」

「はい」

東日本ロードクラシック群馬大会の二日目、今日のＤａｙ－２に対する監督の指示は、昨日のＤａｙ－１のように各自フリーでオーケーというものではなく、かといって、誰を

エースにして誰が逃げに乗って、などというような、具体的なものでもなかった。

監督が唯一目標として口にしたのは、きつい展開に持ち込んでポイントを稼ぐ、ということだけだ。優勝を狙う云々《うんぬん》の部分は、チャンスがあったら優勝を狙うのはどんなレースでも当然のことだから、今日の場合、あらたまって作戦と呼ぶほどのものじゃない。

ここでポイントというのは、Ｊプロツアーの各レースで、順位に応じて選手に与えられる点数のことだ。年間を通して最も多くポイントを稼いだ選手が年間チャンピオンとなるのだが、各レースが行われる時点で最多ポイントを獲得している選手は、それを示す赤色の「ルビーレッドジャージ」を着用して出走する。ちなみに今日のレースでルビーレッドジャージを着ているのは、宇都宮ブラウヒンメルの成田選手だ。

さらに、それぞれの選手が獲得したポイントが合算されてチームの総合ランキングが決まり、そのランキングが翌年のチーム運営や戦略に直接影響してくる。たとえばツアー・オブ・ジャパンやジャパンカップなどのビッグレースの出場枠争いといった部分に。

そこでちょっと複雑な話になってしまうのだけれど、年間で二十数戦あるＪプロツアーのレースには、ＡからＡＡＡＡまで四段階の格付けがあって、獲得できるポイントが違っている。たとえば、昨日のＤａｙ－１はレースレイティング――レースの格付けのこと――はＡＡで、一位の選手が獲得できるポイントは２００ポイントだ。それに対して今日のＤａｙ－２は最高のＡＡＡＡとなり、一位の選手には３５０ポイントが与えられ、三位の選手でも２２５ポイントがもらえるのである。つまり、今日のレースで多くの選手を上位に送り込めれば、ポイントの荒稼ぎができるというわけだ。

目論見通りにはならないのがレースではあるけれど「いまのうちのチームには、それだけの力があるはずだ。臆せず強者のレースをしてこい」澤井監督は最後にそう言って、僕らを送り出した。

その監督の指示のもと、僕らがどんなレースをすればよいのかは明確だ。一年前の僕であれば、なにをすればいいの？　と戸惑うしかなかっただろうが、いまはわざわざ説明されなくとも理解できている。

きつい展開に持ち込むということは、早い段階で逃げ集団とメイン集団に分かれ、終盤までは比較的落ち着いたペースでレースを進める、というのとは真逆の展開にして、弱い選手をふるいにかけ、サバイバル戦に持っていくということだ。

じゃあ、実際に僕らはどんな動きをすればよいのか。

大きくパターンが二つある。

チームの誰かが逃げに乗れた場合は、高速でのエスケープを試みてメイン集団に休む暇を与えない。そういう厄介な逃げは早めに潰したいという心理がメイン集団には働くはずで、ほどなく逃げは吸収されるだろう。そこで誰かがアタックをかけ、再び逃げに乗ることができれば、同様の展開に持っていく。

一方で、チームの誰も逃げに乗れていない局面では、エルソレイユ仙台で集団をコントロールしてプロトンの速度を上げて早めに逃げを捕まえる。するとまた、エスケープを試みるアタックがかかってと、落ち着かないままレースが進んでいく。

その結果、力のない選手がどんどんちぎれて、メイン集団自体が小さくなっていくだろう。たとえば最終的に十数人から二十人くらいに絞り込まれたところに、八名全員とは言わないまでも五名とか六名のメンバーを残せていて、さらにはベストテン圏内に複数名が入れれば、チームとしてそこそこの、場合によっては文字通り荒稼ぎの、かなりのポイントを獲得できることになる。

もちろん、そういう展開に持ち込むためには、荒れたレースでもメイン集団に最後まで残ることのできる力が、チームの個々のメンバーに備わっていることが大前提になる。きついレースにしようと思って頑張った結果、自分たちが疲弊しすぎて途中で脱落してしまうようでは意味がない。だが、いまのエルソレイユ仙台にはそれが可能なはずだから全力で頑張れ、と澤井監督は言っているのだ。

今日のレースの場合、強者のレースをしてこいというのは、そういうことである。

ミーティングでの澤井監督の指示を思い返しながらうなずいた僕に、

「だったら問題ないじゃん。俺と湊人が勝負した結果、より多くのポイントを稼ぐことができたら、監督の指示通りに動けたことになるし。ほら、日本語にあるでしょ、切磋琢磨《せっさたくま》って言葉が。切磋琢磨しよう、切磋琢磨」

そう言った梶山さんが、励ますように僕の背中を叩いてから、スタート地点に向かう。

ゆっくりペダルを漕ぎ始めると、今度は三橋さんが隣に寄ってきて、僕に尋ねた。

「なに話してたの、梶山さんと」

「あ、いや、鎖骨はもう大丈夫かって」

とっさに嘘をついてしまった。

あ、そう、とうなずいた三橋さんが興味をなくしたように僕のそばを離れ、以前のチームで一緒だった選手と会話をしながら、スタート地点に移動していく。

昨日は復帰戦ということでスタート前は緊張しまくりの僕だったが、今日は、緊張しているのは相変わらずだが、それ以上に混乱している。

もちろん、梶山さんが原因だ。

レース中に個人的に勝負しようだなんて冗談としか思えない。しかし、ニコニコしつつも冗談を言っている雰囲気はまったくなかった。

スタート地点に並んだところで、ふと気づいた。

もしかして梶山さんは、今日のレースで優勝を狙っているんじゃないのか？　口には出していないけど……。

それってあり得る、と僕は思った。

昨日のＤａｙ－１での梶山さんは、調子がよくなかったのか、各自フリーでオーケーの指示が出されていたにもかかわらず、メイン集団から脱落して、四十位という平凡な順位に沈んでいた。

梶山さんの性格から想像すると、相当悔しかったのではないかと思う。一夜明けて体調に問題がないのであれば、前日のリベンジを果たそうとするのが、梶山さんの場合、自然な気がする。実際にそれだけの実力を備えている人だし……。

これは絶対にそうだ、優勝を狙っているに違いない……。

いつものように最前列に近い位置に並んで、周囲の選手たちと談笑している梶山さんの背中を見やりながら考える。

梶山さんと勝負するということは、優勝争いをすることになる可能性が大だ。でも、僕の力ではそれは無理だろう。というより、プロになってからは一度も勝ったことがないし、アシスト役に徹することに満足してきた。

だから今日のレースも、梶山さんに声をかけられるまでは、自分の成績は度外視して、レースをきつくする役割に徹しようと考えていた。逃げに乗れたらメイン集団に捕まるまでガンガン行く。もし逃げに乗り損ねたら、メイン集団の牽引を可能な限り一手に引き受ける。その結果、僕がＤＮＦになっても、そのぶんチームメイトが脚を温存できて、最終的にポイントを稼いでくれればそれでいい。

それが、今日のレースで僕がチームに貢献できる最大の役回り。そう考えていたのだけれど、梶山さんの誘いに乗るのであれば、話はまったく違ってくる。

スタート一分前のアナウンスがあり、シューズのクリートをペダルに嵌《は》める音が響き渡っても、僕はまだ迷っていた。

最初から梶山さんの誘いに乗らなかったら、さらにいっそう失望されるに違いない。それはちょっとさすがにいやだ。

梶山さんに勝てるとは思わないけれど、全力でチャレンジしてみようか……。

昨日のDay－1を走ってみて、予想以上に感触がよく、脚も回った。実際、ゴールした時も、まだ余力がある状態だった。そのせいか、今朝も疲労が残っている感じはしない。自分のコンディションがかなりいいのがわかる。

ほどなくスタートの合図が切られるのと同時に、僕の気持ちは固まっていた。

梶山さんに挑んでみよう。玉砕覚悟で。

19

優勝を狙う以上、梶山さんは終盤まではそれほど積極的には動かず、メイン集団内に潜んで体力を温存するはずだ。まずはその梶山さんをマークして様子を見よう。

そう考えながらスタートしたのだけれど、梶山さんがいきなり逃げた。

スタート直後のアタックのことをファーストアタックと呼ぶのだが、ワンデイレースの場合、ファーストアタックで逃げが決まることはほとんどない。

が、ファーストアタックをかけた梶山さんに誰もが虚を衝《つ》かれたみたいで、え？　という感じでお見合いをしているうちに、梶山さんと集団との距離がするすると開いていく。

前方にいた選手たちのうち、五人が慌てたように梶山さんを追っていくのが見えた。集団の前から三分の一くらいのポジションにいた僕からだと、その五人が誰なのか、全員を確認することはできなかったが、ルビーレッドジャージはしっかりと判別できた。

プロトン内に動揺が走る。

梶山さんだけでなく、なんで宇都宮ブラウヒンメルの成田選手までが最初のアタックに？　という動揺だ。チームのエースがファーストアタックに反応して逃げに乗ろうとする動きは、普通であればあり得ない。

登り坂を利用して、集団の前方に位置していた高畑キャプテンのところまでポジションを上げ、

「成田さん以外は誰が？」と訊いてみた。

高畑さんは四人の名前を正確に口にした。

いずれも有力チームの強い選手ばかりだ。一周が六キロのコースを二十二周、百三十二

キロを逃げ続けて六人の中の誰かが逃げ切り優勝、ということはさすがにないとは思うけれど、逃げに選手を送れなかったチームにとっては、かなり危険な逃げである。

「もしかして宇都宮、うちと同じような作戦なのかもしれない。あるいは、今日のエースは別にいるとか」

ダンシングしていた高畑さんがサドルに腰を戻して言った。

それは確かにあり得る。でないと、意表を衝いた成田選手の動きに説明がつかない。

俺と勝負しよう、と言った梶山さんの言葉と実際の動きがうまく結びつかず、戸惑いが増すばかりだ。

いずれにしても梶山さんが逃げに乗っているエルソレイユ仙台としては、メイン集団を牽引する義務も意味もないので、しばらく様子を見ることにする。

一周目が終了した時点で、逃げに選手を送り込めなかった中での有力チーム、ヤマノレーシングがメイン集団を牽引し始め、そのまま二周、三周とレースが進んでいく。

序盤でアタック合戦が頻発して最初から荒れたレースとなった昨日のＤａｙ－１とは違い、表面上は落ち着いたレースになっている。

表面上は、というのは、かなりの高速レースになっていて、集団内にいても見た目以上にきついからだ。半径の小さいコーナーとアップダウンの多いコースレイアウトなので、集団の後方にいるとかなりやばい。コーナーに入る時、どうしても前方にいるよりも大きな減速を強いられるので、コーナーを抜けたあと、それを取り返すためにより強く加速をしなければならなくなる。速度の上げ下げの幅が大きくなって、インターバルがかかった状態になり、どんどん脚が削られていく。

こういう展開になるのは、逃げの六名が強力すぎるからだ。ヤマノレーシングが懸命になってメイン集団を引いているのだが、逃げ集団とのタイム差がさっぱり縮まらない。

梶山さんと成田選手、そして全日本選手権タイムトライアルでチャンピオンになったことのある「多摩《たま》レーシング」の山岸《やまぎし》選手の三名の存在が大きい。大きいというより、強烈と言ったほうがよいかもしれない。

その後、タイム差が二分以上縮まらないまま中盤までレースが進んだ時点で、トッププロチーム以外の選手を中心に、弱い選手やコンディションがよくない選手たちがどんどん脱落して、メイン集団自体が最初の半分以下にまで縮小していた。昨日とは違った形のサバイバルレースの様相を呈している。

そのメイン集団の中で僕は、しばらく前から迷っていた。

いずれは逃げの六名が捕まるとして、それまでこうしてプロトン内で脚を貯めておいた僕が、最終的に梶山さんより先にゴールしたとして、それで勝負に勝ったとは言えないんじゃないだろうか。レースが高速化しているのでメイン集団内にいても決して楽ではないけれど、同じ速度で逃げている梶山さんのほうがずっときついはずだ。

そんなことを考えているうちに十五周目の周回が終わり、残り七周となった。ゴールまで四十二キロ。逃げの六名とプロトンとのタイム差は二分三十秒。

逃げ切りが確定するような差ではないとは思うが、でも……。

スタート／フィニッシュ地点を通過し、大きく右にカーブした先の緩い下りを利用して、僕は集団を抜け出した。六名の先頭集団を追走することに決めたのだ。これ以上躊躇《ちゆうちよ》しているとタイミングを逸してしまう。

問題は僕の動きに同調してくれる選手がいるかどうかだ。二分三十秒先を走る梶山さんのグループに一人で追いつこうとしても難しい。プロトンから飛び出したのはいいけれど、先頭集団に追いつくこともできず、どっちつかずの宙ぶらりんな状態になってしまうことを自転車ロードレースの世界では「芋掘りをする」と言うのだけれど、もともとはフランス語らしい。芋掘りをした結果、途中で力が尽きてプロトンに吸収されてしまうと、ただ無駄に体力を使っただけになる。

ただし、僕の動きに何人かの選手が同調してくれて、追走集団を形成できれば話は違ってくる。先頭集団に追いつける可能性が飛躍的に大きくなる。

前傾姿勢を強め、強くペダルを踏みながら背後を振り返る。

何人かばらばらと僕を追いかけている選手がいる。その中にエルソレイユ仙台のチームジャージも見えた。

僕の動きの成功の可否は、この追走の動きを集団がどう捉えるかにかかっている。集団から飛び出したメンバーをチェックして見逃してもらえる場合もあるし、これは許しちゃまずいということで潰しにかかるかもしれないし、単に反応するタイミングを失い、意図せず追走集団を形成させてしまう場合もありで、その時の状況次第だ。

いずれにしても僕は全力でペダルを踏むだけだ。ここで力を緩めると、あっという間にプロトンに吸収されてしまうし、このスピードで走り続けないことには、そもそも先頭集団に追いつくのは無理だ。

その僕の賭けはなんとか成功した。十六周目が終わり、残りが六周となったところで、僕を含めた七名の追走集団ができていた。その中にはチームメイトの岡島陸が入っていた。独走力のある陸がいるのは心強い。ほかのチームの選手たちも、なんとしても先頭集団に追いついてやるという、やる気満々の選手ばかりで、きれいなローテーションが可能だ。追走を邪魔するのが目的の選手が一人でも交じっていると、こうはいかない。

問題は梶山さんたちの先頭集団に追いつくことができるかどうかだ。

残り五周で先頭集団との差は一分三十秒まで縮まった。メイン集団と僕ら追走集団との差は三十秒。メイン集団も少し速度が上がっている。

残り四周で一分、残り三周で三十秒とタイム差を削っていった僕らは、追走の速度についていて来られなくなった二名が途中で脱落したものの、残り二周に入ったところで、ついに追い着くことに成功して、総勢十一名の先頭集団を形成した。

　残り距離が十二キロで、後方のプロトンとの差は一分三十秒。これからメイン集団の速度はさらに上がるはずだが、逃げ切れる可能性が出てきた。

　先頭集団内で互いに牽制している場合じゃないのは、十一人全員がわかっている。短い間隔で先頭交代をしつつ二十一周目を消化していく。

　ローテーションでポジションが入れ替わる際、梶山さんと一瞬視線が合った。にやっ、と梶山さんが笑ったように見えた。

　やっと追い着いてきたか。

　そう言っているように、僕には思えた。

　残り一周でメイン集団との差は四十秒。かなり差を詰められているが、ぎりぎりで逃げ切れるように思う。

　この十一名でゴールスプリントになったら、僕には勝ち目がない。脚の残り具合にもよるけれど、梶山さんのスプリント力は間違いなく僕より上だし、企業系チーム「パワード・バイ・ステルス」所属のスペイン人、ナバーロ選手が最有力のはずだ。

　勝つためにはどこかで積極的に仕掛ける必要がある。

　そう考えたところで、このレースに勝ちたいと本気で望んでいる自分がいることに気づいた。

ここまで強く勝ちたいと思ったのは、陸上競技をしていたころも含めて初めてだ。

どうやったら勝てる？

懸命に考えているうちにも、残りの距離がどんどん削られていく。

前半の下り基調が終わったところで多摩レーシングの山岸選手がアタックした。持ち前の独走力を生かし、ロングスパートで逃げ切る作戦に出たのだろう。だが、残り距離は三キロ以上ある。陸が反応して山岸選手を捕まえた。ここから先、心臓破りの坂が終わるまでの二キロ弱はずっと登り基調になる。

その登りに差し掛かったところで、今度は成田選手がアタックをかけた。が、ほかの選手の脚の残り具合を確かめるために揺さぶりをかけただけのようだ。ほどなく集団は再び一塊になった。

後ろをちらりと確認したが、メイン集団の影はない。

心臓破りの坂をどうこなすかで勝敗が決まりそうな気配が濃厚になってきた。山頂を越えたあと、ゴールまでの一キロちょっとは、ほぼ下りだ。全長が三百メートル、最大勾配八パーセントの心臓破りの坂を越えた時点で生き残った選手での、ゴールスプリントになる可能性が、このままだと大きい。

そうなった場合、僕としては、スプリントにからんでくる選手が少しでも減っていたほうがいい。

心臓破りの坂が始まる手前のコーナーを抜けたところで、サドルから腰を上げた僕は渾身のアタックをかけた。

山頂にゴールがあるような、後先考えない全力のアタックだった。

たちまち無酸素運動領域に突入し、ペダルを踏み込む脚が急速に重くなっていく。このペースでは、たとえトップで山頂をクリアできても、そこでオールアウト、ゴールまではもちっこない。

それはわかっているのだが、ペダルを踏み込む力を緩めたくない。

呼吸が追いつかず、肺が悲鳴を上げ始める。

全身が痺れてきて視界が暗くなりかけた。

もう完全にオールアウト。

やっぱり無謀すぎるアタックだったか……。

そう頭によぎった瞬間、なぜかふいに脚が軽くなった。

ほとんどなにも考えずに、感覚の失せた脚でくるくるペダルを回している。

なにしてるんだ、俺？

そう思った瞬間、唐突に呼吸が戻った。かすんでいた視界もクリアになる。

ハンドルを握り直し、無理やり脚を動かしながら、左右を、そして背後を見た。

嘘だろ、と思った。

誰もいない。

いや、正確には、僕の五十メートルほど後方を、縦に連なって四、五名の選手が追いかけてくる。

その先頭に梶山さんがいるのが見えた。

え？　俺、梶山さんに勝てる？

というより、このままいけば優勝？

信じられない思いでペダルを回し続ける。

ほどなくゴールラインが見えてきた。

チームスタッフや応援の観客がものすごい声援を僕に送っている。

もう一度、背後を振り返った。

これなら余裕でゴールできる。

こんなことがあっていいの？

そう思いつつ、僕は自転車とともに単独でゴールに飛び込んだ。

あまりに信じられなかったのでガッツポーズを作ったかどうかも覚えていなかったのだが、あとでビデオを観たら、右の拳《こぶし》を空に向かって掲げ、めちゃくちゃ笑顔になっている僕が映っていた。

20

東日本ロードクラシック群馬大会Day‐2において、僕らエルソレイユ仙台は圧勝と言える結果を残せた。

優勝は僕、小林湊人。梶山さんが二位争いを制して表彰台の二番目に立ち、陸も五位に入った。

そして、先頭集団を追っていたメイン集団は最後の周回でばらばらに分断され、最終的には十名ちょっとまで数を減らしたとのことだったが、そこに高畑さん、原田さん、悠の三名が生き残った。その結果、二十位以内に六名の選手を送ることができ、文字通りポイントの荒稼ぎをして、ルビーレッドジャージこそ宇都宮ブラウヒンメルの成田選手が死守したものの、チーム総合成績でトップに躍り出る形となった。

もちろんシーズンはまだ始まったばかりで先のことはわからないものの、年間を通したチーム総合優勝が狙えるかもしれないと、チームスタッフもメンバーも思い描き始めているのは確かだ。

翌日、遅めに起きた僕は――レース終了後、機材の撤収とともにチームカーに分乗して仙台に戻って来たのだが、自分のアパートに着いた時には夜の十一時を過ぎていた――充電器につないであるスマホに、梶山さんからＬＩＮＥが入っているのに気づいた。

慌ててチェックする。

よかった、五分前に着信したばかりだった。

〈これからリカバリーに出るけど、一緒にどう？〉

リカバリーというのは回復走のこと。レースが終わった翌日、疲労が溜まりすぎていると感じる場合は完全に休養することもあるけれど、たいていは一時間半くらい自転車に乗る。軽いギヤで負荷をかけずにくるくるペダルを回すと、血行が促進されて疲労物質が除去されるのだ。

〈お誘いありがとうございます。ぜひご一緒させてください〉

〈では、十一時にサイクリングベースに集合で〉

〈了解しました、よろしくお願いします〉

というわけで準備を整え、五分くらい早くサイクリングベースに到着して待っていると、十一時ちょうどに梶山さんが、自転車を積んだ車でやって来た。

ＢＭＷのステーションワゴンだ。長年ワールドチームでトッププロとして走って来た梶山さんのような人じゃないと、到底手が出せない高級車だ。

車があるとトレーニングで走れるコースの幅が広がるので便利だ。僕もそろそろ車を買いたいと思っているのだけれど、現状では中古のコンパクトカーがせいぜいだ。

運転席から降りたチームジャージ姿の梶山さんが、後部ハッチを開けながら、

「待たせた？」と訊いた。

「今着いたばかりです」

「ちょっと待ってて」

そう言って荷台から自転車を引っ張り出し、空気圧をチェックしたあと、ヘルメットとアイウエアを身に着け、最後に自転車用のシューズに履き替えた。

車のロックをした梶山さんが尋ねる。

「昼飯、まだでしょ？」

「はい」

「じゃあ、森のカフェでランチにしようか」

「いいですね。あそこのプレートランチ美味しいし」

「おごるよ」

「いや、悪いですよ」

「俺に勝てたご褒美」

そう笑った梶山さんが、

「それじゃあゆっくり行こうか」と言って、自転車にまたがった。

やっぱり覚えててくれたんだ、と思いながら、梶山さんのあとを追い始める。

梶山さんからＬＩＮＥが来た時、きっとあのことに違いない、と思った。あのこととは、つまんないレースをするね、という言葉の意味を、レースで勝ったら教えてやる、とＤａｙ－２のスタート直前に梶山さんが言ったことだ。

その話をするために、梶山さんは僕を誘ったに違いない。

四十分ほどで目的地のカフェに到着した。

サイクリングベースからの距離は十五キロ程度。登りがメインの練習コースの途中にある、ログハウス造りのカフェだ。今日はリカバリーが目的なのできつい登りはショートカットした。森のカフェというのは僕らが口にする時の通称なのだが、静かな森に囲まれていて居心地がいい。

注文したランチを食べ終え、食後のコーヒーが運ばれてきたところで、角砂糖を一つだけ入れたカップをスプーンでかき混ぜながら梶山さんが言った。

「約束は守らなくちゃね。でも、正直なところ、湊人に負けるとは思っていなかったんで驚いた、というよりは脱帽だな。昨日は俺の完敗」

「いや、梶山さん、ファーストアタックからずっと逃げ続けていたんですから、単純に脚の残り具合の差だと思います」

「謙遜しなくていい。勝ちは勝ちなんだから。それにさ、最後の心臓破りの坂でのアタック、あれは普通じゃなかった。さら脚でもちぎられたと思う。実際、誰もついていけなか

ったし——」と言った梶山さんが、コーヒーを一口すすってからカップを置き、

「でも、あのアタック、相当やばかったんじゃない？　登り切った頂上あたりで大きく蛇行したのが見えたんで、そのまま落車するかと思った」

「いや、実はその時、一瞬意識が飛んだみたいで、よく覚えていないんです。気づいたら下りで懸命にペダルを回していた感じで」

「あー、やっぱり。たぶん、そうだと思った。でも、基本、レース中にそこまで追い込んじゃまずいよ。ヨーロッパにはあのアタックについていけるような連中がごろごろいるからさ、あんな具合にふらついては落車の原因を作ることになる。なので絶対にNG」

「そうですよねえ、確かに反省してます。でも、世界レベルってそうなんですか」

「うん、化け物だらけ」

苦笑した梶山さんが、真顔に戻る。

「ところで、初勝利どうだった？　気持ちよかったでしょ」

「そりゃもう、言葉にならないくらい嬉しかったです」

「また勝ちたい？」

「チャンスがあれば、はい」

うん、とうなずいた梶山さんが目尻に皺を寄せて言った。

「小林湊人、ようやく覚醒したみたいだな」

覚醒、という単語で、病院での瑞葉さんとの会話を思い出した。瑞葉さんが言っていたことを思い返して考え込んでいる僕に、

「どうかした？」と梶山さんが訊く。

「実は、入院していた時にお見舞いに来てくれた瑞葉さんが言っていたんですが――」その時の会話をかいつまんで口にすると、

「瑞葉ちゃん、ああ見えて、案外、口が軽いんだ」梶山さんが苦笑いした。

「落ち込んでいる俺を励まそうとしてのことなんで、怒らないでやってください」

そんなことで怒りゃしないって、と笑った梶山さんが、

「ちょうどいい機会だから、話せることは話しとこう――」そう前置きをして続けた。

「実は、エルソレイユへの加入が決まった時、澤井さんから、うちに小林湊人っていう陸上競技からの転向組がいるんだけど目をかけてやってくれ、って頼まれていたんだ」

「監督がそんなことを？」

「うん。まあ、ニュアンス的には贔屓《ひいき》をするとかそういうことじゃなく、じれったくてしょうがない奴なんで、おまえがなんとかしてくれって、押し付けられた感じ？」

監督ひどい、と思ったけれど、じれったいというのは確かに当たっているに違いないと、我ながら同意してしまう。

「で、俺もさ、陸上からの転向組って聞いて興味を持ったわけ」

「どうしてそれで?」

「俺もそうだから」

「え?」

「実は俺も湊人と同じで転向組。陸上をやってたのは高校までだけど、知らなかった?」

「知りませんでした、すいません」

「いや、謝るようなことじゃないって。ずいぶん前の話だから、最近は同業でも知らない奴のほうが多いみたいだし」

「種目はなにをされていたんですか」

「これでも実は、インターハイで八百と千五百の二冠王」

「げげっ、マジですか」

「うん」

どうりで、と妙に納得した。世界で通用するだけの素地がもともとあったんだ、梶山さんには……。

「まあ、そういう経緯があったんで、とりあえず、レースを中心に湊人のパワーデータをチェックさせてもらったんだよね。そしたら、特徴的な傾向があることに気づいた」

そこでもったいぶったように、梶山さんが言葉を切った。

「あの、なんですか、その特徴的な傾向って」

「自分じゃわかんない？」

「わからないです」

「簡単に言うと、アシストの時とそうじゃない時で、NPとIFが違いすぎる」

梶山さんが口にしたNP（標準化パワー）やIF（強度係数）というのは、パワーメーターから得られる運動強度の指標のことである。

「簡単に言うとさ。アシストの際は、ほぼ限界いっぱいまで仕事をしてレースを終了しているのに、そうじゃない時、つまりフリーで走ってオーケーの指示の時は、限界のかなり手前でレースを終了しているわけ。もちろんレースで勝利を目指す時は、トレーニングと違って、できるだけ省エネで走るべきなんだけど、湊人の場合、その差が極端に大きいんだよね。それってすごくもったいない話で、澤井さんもそれには気づいていたんだけど、言葉で言ってもダメなんだよなあ、あいつ、とじれったがっていたというわけ」

「それは確かに言われたことがあります。今シーズンが始まった直後なんですが、おまえが成績を出せないのは下手くそなだけじゃなく、マインドに問題があるのかもなあ、もっと思い切って走っていいぞって」

「で、なにが原因なんだろって思って、今回のレースのDay－1で、湊人の動きをずっと観察していたわけ」

「え？　そうだったんですか？　全然気づかなかったです」

「おかげで先頭集団に残り損ねちゃったけどさ、でも、そのおかげで確信できた」

Ｄａｙ－１での梶山さんの順位、そういうことだったのかと、申し訳なくなる。

「Ｄａｙ－１のレース、ゴールしたあともかなり余力が残っていたでしょ」

「あ、はい……」

「勝とうとは思っていなかった？」

「ええ。先頭集団に残れればいいな、くらいで」

「だから、つまんないレースをするんだなって言ったわけ。一昨日のＤａｙ－１に限らず、フリーで走ってオーケーのレースに出走した時って、優勝を狙ってスタートしたことは一度もないだろ」

「はい」

「はいっておまえさあ、即答するようなことじゃないんだけどなあ」

呆れたように言った梶山さんが宙を、いや、丸太の天井を仰いだ。

「いま思ったんだけど、エルソレイユ仙台に入る前、エリートツアーに出ていた時も同じだった？」

「ええ」

「勝った時も？」

「ええと、たまたま勝っただけで、最初から優勝を狙って、というのはなかったかと……」

「なんたる天然！　これじゃあ監督が匙《さじ》を投げたくなるのもわかる」

「監督、匙を投げていたんですか……」

途中から叱られている気分になってきてしおれていると、

「いや、もののたとえだって――」そう言った梶山さんが、ひとつため息をついてから、うなずいた。

「まあでも、これですべてわかったし、全部解決。よかったよかった」

「よかったって、あの、なにがよかったのか、よくわからないんですけど。あと、解決ってなにが……」

「自転車ロードレースを始めてから、一度も勝利を目指して走ろうとしなかった、そもそも自分が勝つことなんか一切考えたこともなかった小林湊人が、梶山浩介から勝負を挑まれてついにその気になり、見事にレースに勝ったことで勝利の快感に目覚めた。つまり、ようやく本物の自転車選手として覚醒した。これはまったくめでたしめでたしって、ここまで説明してやらないとわからないわけ？」

「すいません……」

はあ、と再びため息をついた梶山さんが、コーヒーを口にしてから、気を取り直したように言った。

「でも、よかったよ、今回の湊人の勝利は。この先、おまえが自転車選手としてどういう道を進むことになるか俺にはわからないけどさ、エースを担うならもちろん、アシストに徹する時も、今回のような勝ちを経験したことは絶対にプラスになる。澤井さんからおまえのことを頼まれて、どうしようかと思っていたんだけど、これでちょっと肩の荷を下ろせた感じかな」

梶山さんの言葉が、じわりと胸に染み入って来た。同時に、この世界にいることができる幸せを感じた。決してメジャーではない、しかも十分な収入が得られるわけでもないスポーツだからこそ、同じチームにいようと違うチームだろうと、ライバルではあるけれど同志であるような、そんな連帯感や温かさを感じられるのかもしれない。

ちょっと涙ぐみそうになりながら、ありがとうございます、とあらためて僕がお礼を言うと、そうそう、と思い出したように梶山さんが言った。

「そういえば、チームのホームページの選手紹介で、湊人のプロフィールのところに脚質がルーラーってあるじゃん。それ、違うと思うんだけどな」

「いや、でも、パワー・プロフィールテストをするとそういうデータが」

個々の自転車ロードレース選手の特徴を表す、俗に言う脚質には、一応、五種類ほどある。スプリンター、クライマー、パンチャー、ルーラー、そしてオールラウンダーがそれだ。

すごく簡単には、スプリンターとは短時間に強大なパワーを発揮できるスプリントが得意な選手、クライマーはとにかく登り坂に強い選手、パンチャーは何度も繰り返してアタックをかけるのが得意な選手、ルーラーとは一定の速い速度で淡々と走ることが得意な平地系の選手、そしてすべての能力を平均的にまんべんなく備えているのがオールラウンダーと分類されている。

得意分野の差がなにに起因するのかは、ある程度科学的にわかっている。生まれ持っている遅筋と速筋の割合によって、有酸素運動と無酸素運動のどちらに向いているかが違ってくるのである。自転車ロードレース選手の場合、そもそも有酸素運動能力に優れていないと話にならないのだが、そのうえでさらにどの分野が得意か、ということだ。

個々の選手の脚質は、パワーメーターを使えばかなり正確に測定できるようになっている。FTP――一時間出し続けられる最大平均パワーのことだけれど、実際には二十分間の測定値の九十五パーセントの値を採用することが多い――のほかに、決められた手順に従って、五秒間、一分間、五分間のそれぞれの時間の最大平均パワーを測定し、その結果を分析するのである。

「この前のテストの時、怪我で参加していないだろ。前回はいつやった？」

「シーズンイン直前の春先のテストの時は、姉貴の結婚式で実家に帰っていて不参加だったので、えーと、去年のシーズンオフに入る直前ですかね」

「早めにチェックしてみるといいかもよ。湊人の場合、競技歴が短いから、変わってきている可能性もあるし。それに、思い込みが本来の能力を発揮させない足枷《あしかせ》になることもあるしね」

「そうですかね」

「うん」

そう一度はうなずいた梶山さんだったが、

「まあ、でもね。脚質なんか、逆にあんまり気にする必要はないかもしれない」と言って肩をすくめた。

「どういうことですか」

「たとえば俺の場合、テストをすると、とりあえずパンチャーとしての傾向は出てくるけどさ、ワールドツアーを走っている奴らの中に入ると、自分ではパンチャーだと言ってるくせに、こいつはスプリンターなのかっていう奴がいたり、タイムトライアルにやけに強いルーラーみたいなのもいたり、あんた本当はクライマーでしょみたいなのがいたりで、ほとんどカオス状態もいいところ。結局、俺なんかごく平凡な選手になっちゃうわけで、中途半端なんだよねえ。その一方で、こうして日本国内のレースを走ると、その時によってオールラウンダーみたいに見られたり、スプリンターだと思われたり、ルーラーとされちゃうこともあるしで、まあ、それってちょっとは自慢も入っているんだけどさ、なにがなんだか訳がわかりませんって感じ？」

そう言って、あはは、と笑う梶山さんが僕にはとても眩しく見えた。梶山さんが平凡な選手になってしまうような化け物だらけのワールドツアーってどんな世界なんだろう。

怖いもの見たさ半分ではあるけれど、一度くらいは垣間見てみたいかも、と思っている自分がいた。

21

ミーティングルームには、重苦しい空気が漂っていた。

ミーティングルームといっても、宿泊先のホテルの部屋で最も広い、澤井監督とゼネラルマネージャーの葛西さんとで使っているツインルームだ。そこに選手とスタッフが集まっているのだから、正直なところ息苦しい。

ワールドチームが一チームとプロコンチネンタルチームが二チーム、さらに五つのコンチネンタルチームを海外から招き、日本ナショナルチームを含めると合計十六チームで八日間にわたって繰り広げられる、国内最大のステージレース、ツアー・オブ・ジャパンが始まって、三日目の夜を迎えていた。

重苦しい空気が漂っているのには、もちろん理由があった。第三ステージ、今日の「いなべ」で、エースの高畑さんが序盤の大規模落車に巻き込まれ、DNFを余儀なくされてしまったのである。

初日、二日目と、滑り出しは順調だった。

初日の第一ステージ「堺《さかい》」は、大阪府堺市での個人タイムトライアルだった。距離は二・六キロメートルと短く、大きなタイム差がつくような設定にはなっていない。

事実、トップタイムの選手から最下位までのタイム差は四十秒以内に収まっている。

勝ったのはイギリスのコンチネンタルチームの選手だったが、エルソレイユ仙台で最も速かったのは僕で、トップとのタイム差はわずか三・一秒で十二位。

ほかのメンバーはというと、それぞれの順位とトップからのタイム差は、

十八位　高畑和哉　＋四・二秒
二十一位　岡島陸　＋五・一秒
二十九位　梶山浩介　＋七・一秒
三十五位　小野寺悠　＋八・四秒
四十七位　桜井千秋《ちあき》　＋九・八秒

といった具合に、タイム差が十秒以内にひしめき合っている状況である。

本格的な争いがスタートした昨日の第二ステージ「京都」で、僕らエルソレイユ仙台は当初の作戦とは違ったものの、かなりの手ごたえを感じる結果を残せた。

京都ステージは、観客への顔見世《かおみせ》とも言える数キロメートルのセレモニアルライドを行ったあと、一周が十六・八キロのコースを六ラップする全長が百五キロメートルの設定だったのだが、集団でのゴールスプリントと逃げ切り勝利のどちらもあり得るようなコースレイアウトになっている。

この京都ステージでのエルソレイユ仙台の作戦は、個人総合時間賞での上位入賞を目指すエース高畑さんは、他チームのエースに遅れないように位置取りをしつつゴールを目指し、スプリンターの桜井さんでステージ優勝を狙う、というものだった。

だが、蓋を開けてみないとわからないという言葉通りに、終始落ち着かないレースとなり、最終局面ではスプリンターを擁するチームがそれぞれにトレインを組んで、という奇麗な展開にはならなかった。

先行していた選手を最終周でメイン集団がすべて吸収してからは、頻繁にアタックがかかるものの、どれも決まらない状況で推移したあと、唯一のワールドチーム、サムズアブダビの選手が、残り三キロの地点で強烈なアタックをかけて単独で先行し始めた。

それにすぐさま反応した選手は各チームからばらばらの八名。まずいことに僕らエルソレイユ仙台は、タイミングを逸して一人も追走に乗れなかった。

それを梶山さんがリカバリーした。高畑さんを引き連れてブリッジをかけ、全力で先行する選手たちを追ったのだ。

梶山さんの瞬時の判断は正しかった。最初にアタックをかけたサムズアブダビの選手を含めた先頭集団に高畑さんを送り込むことに成功し、梶山さんはそこで仕事を終えて後続の集団に呑み込まれたが、高畑さんが一位とタイム差なしの五位でフィニッシュし、総合時間賞でもトップから四秒遅れの三位にまで順位を上げたのである。

集団スプリントを想定していた当初のプランとは違う展開になり、あと一歩でステージ優勝を逃しはしたが、これ以上はない結果となった。実際、昨日のミーティングでは、

「いやあ、和哉が総合リーダーになっちまうんじゃないかと、一瞬焦ったぜ」と、澤井監督が冗談交じりに笑ったくらいだ。

一瞬焦ったぜ、という監督の言葉には、それなりの理由がある。

一日で終わるワンデイレースとは違って、ステージレースの場合、総合でトップに立っている、いわゆるリーダージャージ——ツアー・オブ・ジャパンの場合はグリーンジャージ——を着用した選手の所属チームが、メイン集団をコントロールするのが義務、という暗黙の約束があるのだ。

自転車ロードレースの世界には、そうした暗黙のお約束的なものが沢山ある。たとえば、リーダージャージを着た選手がパンクや変速機の不調などのトラブルで集団から遅れざるを得なくなった場合、トラブルを解決して集団に追い着いて来るまでは、速度を上げずに待っていなくちゃならない、といったような。つまり、ライバルの予期し得ない不運に乗

じて攻撃するのは卑怯なので、それはやめましょう、という話だ。

そうしたものはあくまでも暗黙の約束なのでルールになっているわけではなく、守らなかったからといって罰則はないのだが、ずるい立ち回りばかりしていると、別の機会になにかのしっぺ返しを受けることになりかねないし、なによりも、あのチームは、だとか、あの選手は、などといった悪評が立つ。そういう意味では、自転車ロードレースの世界はとても情緒的というかウエットというか、ドライに割り切れないような側面を持っている。最近では、そうした暗黙の約束的なものが以前ほど尊重されなくなってきているようだけれど。

ともあれ、あまり早い段階で総合リーダーになってしまうと、集団をコントロールする義務が生じ、メイン集団をコントロールするということは常に集団の先頭に立って風よけを引き受けつつ走ることになる。しかも、ただ走っていればいいというわけではない。先行する集団とのタイム差を常に考え、それだけでなく、地形や風向き、ライバルチームの思惑などさまざまな要素を考慮しつつプロトンの速度をコントロールしなければならず、その結果、日程が進むにつれて選手たちの疲労が必要以上に蓄積され、肝心なところで力を発揮できないリスクが出てくるのである。

だが、勢いに乗っている時は、文字通り、いけいけどんどん、になるのだから不思議というか恐ろしい。

三重県最北端のいなべ市が会場となる第三ステージ「いなべ」のコースが高畑さんとの相性がいいのは、昨年の大会でわかっていた。一周十四・八キロの周回コースのゴール手前が「イナベルグ」という通称のテクニカルな急勾配区間となっていて、終盤での登りスプリントに強い高畑さんが得意とするタイプのコース設定なのだ。それもあり、高畑さんでステージ優勝を狙うプランが筆頭候補になっていたのだが、こうなったら、それと合わせてリーダージャージも奪ってしまおうじゃないかと、高畑さんをエースに据えての必勝プランになった。

十分に実現が可能な作戦だったと思う。

具体的には、高畑さんが脚を温存できるようにチームメイトで守りつつ、終盤では集団前方をキープし、最終局面では僕と悠が連携して他チームのアタックを潰し、桜井さんと陸、そして梶山さんとで高畑さんを最後の登りに理想的なポジションで送り込んでやる、というプランを持ってレースに臨んだ。

なかなかプラン通りにはいかないのがレースとはいっても、今日のレースは、あまりにも想定からかけ離れていた。

僕と悠は、スタート直後に勃発するはずのアタック合戦に対応するため、つまり、面倒な逃げを形成させず、比較的早い段階でメイン集団を落ち着かせるのを目的に、リーダーチームのすぐ後ろで様子を見ていた。

周回コースに入ると、テクニカルなコーナーをいくつかこなしたあと、KOM（キング・オブ・マウンテン）、つまり山岳ポイントに向かう最大斜度が十七パーセントもある激坂区間が待っている。その山岳ポイントを通過したあとは下り基調でスピードがかなり乗る区間に入るのだが、あろうことか、一周目の下りで、大規模な集団落車が発生したのである。

比較的前方で起きた落車だった。僕と悠は発生場所よりも前にいたので無事だったが、運の悪いことに、エルソレイユ仙台の残りのメンバーの目の前で起きたため避けようがなく、梶山さん、陸、そして高畑さんの三名が巻き込まれて落車した。

ツアー・オブ・ジャパンは、UCI公認の一級カテゴリーのレースなので、無線の使用が可能となっている。エルソレイユ仙台でも昨年から無線を導入していて、後方で大きな落車があったのはすぐにわかったのだが、現場が大混乱しているらしく、しばらくのあいだ詳しい状況は把握できなかった。

チームで三名が落車に巻き込まれたもののなんとかレースに復帰、離れてしまったメイン集団に追い着くべく懸命に走っている。その情報がチームカーから無線を通して届いたのは、そろそろ一周目が終わろうかという時になってからだった。

僕と悠はメイン集団に残ったまま、四人が追い着いて来るのを待つしかなかった。

エースの高畑さんだけでなく、チームメイトの三名が一緒にメイン集団から取り残されたのは、ある意味幸運だったかもしれない。それでも落車による遅れを取り戻すために、高畑さんの脚もそれなりに削られるだろう。四人が集団復帰してからでないとわからないが、もしかしたら、高畑さんでステージ優勝を狙うという今日のプランは変更せざるを得ないかもしれない。そうならなければいいのだけれど、と思いつつ走っていると、二周目の後半に入ったところで最悪の知らせが無線で入った。

高畑さんの腰の痛みが酷くてレースの続行は不可能、途中棄権することになった、という知らせだった。

無線が届いた時、僕と悠は思わず顔を見合わせた。悠と同じように僕の表情も曇っていたと思う。

どういうプランに変更するのか……。

高畑さんの怪我の状態は心配だったものの、レースの真っ最中である。エースを失ったチームとしてどう仕切り直しをするのか、自分はどんな動きをすればよいのか、いまはそちらの優先度が高い。

高畑さんのリタイアを知らせてきてから沈黙をしたままの無線に、僕のほうから問いかけた。

「湊人です。俺と悠、どうしたらいいですか」

「これから高畑を回収するから、そのままメイン集団内で走ってろ」

そう返ってきた。

直後にイヤホンから梶山さんの声がした。

「梶山、桜井、岡島の三名、メインまで二十秒の位置まで取り戻している。いまのポジションを維持したまま待っていてくれ。じきに追い着く」

「了解です」

梶山さんの元気そうな声が聞けて、ほっとした。緊急事態であるのは確かだが、このピンチをなんとか切り抜けられそうな気がしてくる。

大会本部の救護に高畑さんを預け終えたチームカーから連絡が来たのは、メイン集団にようやく追い着いた、という無線が梶山さんから入った直後だった。

集団の比較的前方にいた僕と悠は、後方まで下がって梶山さんたちと合流し、どんなプランに変更するか相談した。

落車に巻き込まれてそれなりにダメージがある梶山さんと陸、そして二人をメイン集団に復帰させるためにかなり脚を使ってしまった桜井さんは、必要以上の無理はせず、しかし、最後までメイン集団から脱落しないことを目標に走る。一方、ここまででダメージを受けていない僕と悠が、最終局面において二人で連携してステージ優勝を狙う、というプランになった。

この状況でステージ優勝狙いはさすがにちょっと……と、正直なところ思ったのだけれど、「こういう時こそ強気が大事」の梶山さんの一言で納得、というか、なにも言えなくなった。

三人から離れ、緩い登りを利用して再び集団の前方へと位置を上げながら、実際どうする？　と、僕と悠は相談した。

僕と悠が三人から離れる前に、梶山さんからアドバイスをもらっていた。

集団をコントロールしているリーダーチームのサムズアブダビは、山岳賞狙いの二名の逃げを容認しているようなので、しばらくは落ち着いたままレースは進むはず。しかし、終盤に入ったら、サムズアブダビが思い切りペースアップして集団の分断を図ってくるのは間違いない。後手に回ったら、なにもできないままレースが終わってしまうぞ。

そう言って、梶山さんは僕と悠を集団前方へ送り出した。

だとすれば、どこかで先手を打って逃げ切り勝利を目指すしかなさそうだ。先頭集団に残れたまま最後の「イナベルグ」に突入できたとしても、破壊力のある外国人選手が相手では勝ち目がない。

とりあえず無駄な動きはせずにこのまま脚を温存しながら走り、最終周回の山岳ポイントを越えた先の下りを利用して、まずは僕がアタックをかける。追ってきた集団に吸収されたら、そのタイミングで今度は悠がカウンター気味にアタックをかける。もしどちらのアタックも通用しなかった場合、余力があれば残り二キロあたりからのロングエスケープを試みる。

そんなに上手くいくわけがないよな、とは思ったが、それ以外にアイディアが浮かばないまま、レースは進んだ。

そして、僕と悠とで練ったプランは、実行前に崩壊した。残り二周で逃げの二名を吸収したと思いきや、下り切った平坦区間でサムズアブダビがとんでもない勢いでのペースアップを敢行したのである。メイン集団の分断を図るのはもう少し先だと思っていたので不意を衝かれた。不意を衝かれたのは僕と悠だけではなかった。四十人ほどだったメイン集団が中切れを起こして二つの集団に分断され、僕と悠も後方の集団に取り残された。

だから油断するなと言っただろ、という梶山さんの声が聞こえてきそうだった。

イタリア国籍の日系プロコンチネンタルチームが懸命に追走してくれたので、最終周回に入ったところでなんとか先頭集団に追い着くことはできた。

だが、僕も悠も、その追走で脚が削られ、アタックをかける余力がなくなっていた。

結局、先行した二十名ほどの先頭集団に追走の十人が合流し、合計三十名ほどの集団で最後のイナベルグに突入することになった。

その登りに差し掛かる手前で、

「悠、おまえがスプリント！」と声を飛ばした僕は、悠を引き連れて全力でポジションを上げることに専念した。パンチ力のある悠のほうが、最後の登りスプリントで上位を狙えると思ったからだ。

だが、残念ながらそこまでだった。メイン集団の分断後、先頭集団に追い着くために無駄に脚を使ってしまった影響で、悠のスプリントは思ったようには伸びなかった。

結局、悠がトップから五秒遅れの十五位、僕が十三秒遅れの二十四位という成績に沈んで、第三ステージ「いなべ」を終えることになった。しかもエースの高畑さんをＤＮＦで失うという大きな痛手を負って……。

22

「さて、明日からのレースをどう戦うかだが――」

重苦しい空気を振り払うかのように澤井監督が言った。

「高畑が戦線離脱したのは確かに痛い。だが、ここまでの結果を冷静に見てみれば、去年の三日目よりもはるかにいいところで展開できている。そうだろ？」

今年からの加入組、梶山さんと陸以外のメンバーとスタッフが、言われてみれば確かに、という表情でうなずいた。

実際、監督の言う通りだった。

昨年のツアー・オブ・ジャパンでは、三日目のいなべが終了した時点の個人総合時間でベストテンに入っていたメンバーは一人もいなかった。確か、高畑さんがトップから三十秒遅れくらいで十五番手前後につけていたのがベストだったはずだ。
だが、今年の現段階での成績はというと、
八位　小林湊人　＋十三秒
十一位　小野寺悠　＋二十一秒
十五位　岡島陸　＋二十八秒
十九位　梶山浩介　＋三十一秒
三十八位　桜井千秋　＋一分五十四秒
確かに監督の言う通りではあった。僕がチーム内でトップというのは、初日のタイムトライアルと、昨日と今日のレース展開によるたまたまの結果ではあるけれど。
「まずは、明日の『美濃《みの》』だが、よほどのアクシデントがない限り、例年通りの大集団でのスプリントになるはずだ」
これにも全員がうなずいた。
長良川《ながらがわ》の清流と手漉《てす》き和紙で知られる岐阜県美濃市で開催される第四ステージ美濃は、大会中屈指の高速コースとなっている。
一周が二十一・三キロの周回コース中には、山岳ポイントが設定されている大矢田《おおやだ》トンネルまでの約四キロの登りがあるものの、トンネル通過後の下りが終わり、睦橋《むつみばし》を渡った直後の直角コーナーを抜けた先は、若干の下り基調を保ったままで平坦路が続く。そのうえ、睦橋のあとの直角コーナー以外、特別にテクニカルなコーナーは設定されておらず、最終日の「東京」ステージと同様に、スプリンター向けのステージになっている。つまり、きつい山岳区間がないので、脱落する選手が必然的に少なくなり、結果的に大集団でのスプリントになりやすいのだ。

このタイプのコースでは、最終局面になると、スプリンターで優勝を狙うチームが激しい位置取り争いをしながらそれぞれにトレインを組み、自チームのエーススプリンターを最高の形で発射させるためにしのぎを削ることになる。

昨年のエルソレイユ仙台は、桜井さんでのステージ優勝を目標にトレインを組み、そこそこいい位置で桜井さんを発射できたのだけれど、残念ながら六位に終わり、表彰台に上ることはできなかった。

今年は当然そのリベンジを、と思っていたのだが、澤井監督が口にしたプランは、それとは違っていた。

「浩介と陸は無理をせず集団内で休んでいていい。明後日からの本格的な総合争いに向けて、できるだけ回復を図ること。なので、桜井と小野寺、おまえたち二人で連携してステージを狙っていくことにする。チームのトレインは当てにできない状況なので、他チームの動きを利用して位置取りをすることに頭を使え。いいか？」

桜井さんと悠が、わかりました、とうなずく。

「俺、怪我はそれほどひどくないですから、桜井さんのアシストに回れますよ」

手を挙げてそう言った陸に、いや、と監督は横に首を振った。

「明後日からの三連戦に備えて力を貯めておけ。ツアー・オブ・ジャパンへの出走が初めてのおまえにはまだピンと来ていないだろうが、これから日を重ねるごとに、どんどんきつくなる。明日のステージでの体力温存は監督命令だ」

厳しい口調で澤井監督が言った。

少し不満そうな顔をしつつも、わかりました、と陸はうなずいた。

「あのー、俺は？」

周りを見ながら、手を挙げて訊いてみた。

「明日のステージなら問題ないと思うが、湊人の最大の使命はタイムを失わないようにすることだ――」そう言ってから監督は、

「浩介と陸とで、湊人が意味のない落車に巻き込まれたりしないようにサポートをしてくれ」

えっ、それってどういうこと？

胸中で首をかしげつつ、もう一度監督に訊いてみる。

「俺、体調はいいですから、問題なく桜井さんのスプリントのアシストに回れますけど……」

監督が、葛西さんとメカニックの須藤さん、そしてマッサーの山下さんと顔を見合わせて苦笑した。

須藤さんたちも、どちらかというと、やれやれ、という顔つきで苦笑いをしている。

戸惑っている僕に梶山さんが言った。

「湊人、おまえさあ、まだ気づかないの？　今後のレースは、おまえをエースとして個人総合時間での上位入賞を狙っていくってこと」

「えっ？」

「えっ、じゃないだろ」

「そんな話、聞いてないです」

「そりゃそうだ。さっき決めたばかりなんだから」と澤井監督。

「いや、あの、プランを変更するんであれば、梶山さんがエースになるのが順当というか、当然だと思うんですけど」

焦りながら僕が言うと、

「現段階で総合順位がトップなのは湊人だろ。だったら、おまえがエースを担って当然じゃん？」

まるで素人みたいなことを梶山さんが言う。

「それって、この三日間の展開でたまたまそうなっているだけで、実際、梶山さんと俺とじゃ、たった二十秒しか違わないじゃないですか。差がないのと一緒です」

「エース、いやなの？」

まともに訊かれて言葉に詰まった。

「あ、あの、いやだとかそういうことじゃなくて、俺、総合のエースを任されるだけの力がないのは自分でもわかっているし……やっぱり、どう考えても梶山さんに引き受けてもらうのが、一番いいというか、結果につながると思います」

そうですよね？　という言葉を呑み込みながら、梶山さん以外のチームメイトに目を向ける。

「俺は賛成」

桜井さんが言った。

「ですよね、やっぱり」

「いや、俺が賛成と言ったのは、湊人を総合のエースにして戦うのに賛成ってこと」

えっ、なんでそうなる？

うろたえながら陸と悠に目を向けてみたが、二人とも桜井さんと同意見であるのは、口を開かなくても明らかだ。

「いや、実はさ、湊人がマッサージを受けていた時に梶山さんに提案されたわけ。で、誰もそれに異議なしってことになった」

桜井さんが種明かしをしてくれたものの、なんでそうなるのかは謎のままである。

「湊人――」と僕の名前を呼んで監督が言った。

「実は、落車の影響で浩介の膝、かなりきついようなんだ。和哉が離脱したいま、順当であれば浩介が総合エースを担うところなんだが、本人に無理そうだと言われちゃ、どうしようもないじゃないか。で、三日後にあるクイーンステージの『富士山《ふじさん》』だが、残りのメンバーで、つまり、桜井千秋、小野寺悠、岡島陸、そして小林湊人の四人の中で誰が一番登れそうかとなると、必然的におまえになるわけだ。しかも、いまのところ表彰台を十分に狙えるタイム差につけている。これでおまえを総合エースに持ってこなかったら、監督として間抜け以外の何者でもないだろうが」

監督が口にしたクイーンステージというのは、ステージレースの中で総合順位に最も影響することが予想される、つまり、各チームの総合エースのあいだで大きなタイム差がつく可能性の高いステージのことだ。

ツアー・オブ・ジャパンの場合は、例年六日目に設定されている富士山ステージがそれに当たる。今年は、富士スピードウェイの外周路を二周したあとで「ふじあざみライン」を登ってフィニッシュとなる、総距離三十二・九キロメートルのコースだ。ロードレースというよりはヒルクライムレースと言ったほうがコースの性格を端的に表していると思う。事実、ふじあざみラインの登りセクションは、全長十一・四キロメートルで標高差が千百六十メートル、平均勾配十パーセントで最大勾配二十二パーセントと、国内屈指のヒルクライムコースだ。登坂力がもろに反映されるため、ここでどんな結果を残せるかで総合リーダーのグリーンジャージの行方《ゆくえ》が決まると言ってもいい。

桜井さん、悠、陸、そして僕の四人の中で一番登れそうなのは僕だと監督は言ったが、違います、と即座に否定はできなかった。

そこそこ登れるスプリンターの桜井さんだが、富士山ステージのような長い登りになると、体重があるのでさすがに厳しい。悠はパンチ力があるので短い登りには強いが、延々と続くヒルクライムは苦手にしている。トラックレース出身の陸は僕と似たような脚質なのだが、ヒルクライム能力は最近の僕のほうが上回っている。鎖骨骨折によるブランクがいい方向に作用したのか、体重が絞れてきていることもあって、練習を再開してみて自分でも驚いたのだけれど、以前よりも登れるようになっているのは確かだ。

とはいえ……。

「でも俺、ワンデイレースも含めて、一度もエースで走ったことないし……」

「誰でも最初はそうに決まってるだろ」

そう口をはさんだ梶山さんが、一度じいっと僕の顔を見つめてから、

「やっぱりこいつ、気づいていないみたいだ――」と苦笑したあとで言った。

「富士山ステージの結果次第だが、湊人、おまえ、自分がホワイトジャージを狙える位置につけているの、忘れてるんじゃないの？」

「えっ？　あっ……」

かなり間抜けな顔をしていたと思う。

梶山さんが挙げたホワイトジャージというのは新人賞のことで、二十五歳以下で個人総合時間の最上位の選手に与えられる。三日目が終わった時点でのホワイトジャージはオーストラリアチームの選手が着用しているはずだったが、

「えーと……」

まったく、と呆れ声を出した梶山さんが、その選手のゼッケンを口にしたあとで、

「二秒遅れで、今のところ湊人が二番手だ」と、教えてくれた。

僕と梶山さんとのやり取りを面白そうに眺めていた須藤さんが、いつものとぼけた口調で言った。

「あきらめが悪いのは、レースの最中だけでいいんじゃないの？　それに、アシストをつけてもらって走るって、なかなか気持ちいいもんだよ」

エースになったら、プレッシャーがかかるだけで、気持ちいいなんて嘘に決まってる。

そう思いながらも、これ以上抵抗するすべを、僕は持っていなかった。

23

やはりというか、現実はそれほど甘くはなかった。

ツアー・オブ・ジャパンの最終日、僕は第八ステージ「東京」のスタート地点に向かっていた。

「湊人くん、悔いのないように頑張ってね」

チームのテントを離れる前に瑞葉さんが笑顔で声をかけてくれた。

悔いのないように。

確かにそうだ。

高畑さんが離脱した日の、あのミーティングの翌日にあった第四ステージ美濃は、雨のレースになったが、事前の予想通り、大集団でのスプリントとなった。僕は無事に集団内でゴールして、この日、タイム差がつくことはなかった。たとえ百名の大集団でも、一塊になってゴールすれば、順位はつく——自転車に取り付ける計測チップで正確にカウントされる——ものの、同タイム扱いとなる。

問題は桜井さんだが、さすがにアシストが悠の一人だけではどうにもならず、ゴール直前にスプリンターチームに呑み込まれて十二位と、トップテンに入ることもできずに終わってしまった。

その翌日、長野県飯田《いいだ》市で開催された第五ステージ「南信州《みなみしんしゅう》」は、一周が十二・二キロの周回コースの序盤に十パーセント超えの坂が山岳ポイントまで続くという、登坂力とパワーが要求されるコース設定になっている。総合勢にとっては、富士山ステージを前にタイムを失うわけにはいかない重要なレースで、例年、総合順位がここで大きく動いている。

今年も荒れたレースとなった。周回コースの序盤の大きな坂を越えたあとは、若干の起伏はあるものの、再び山岳ポイントに向かうまで、基本的には下りと平坦路が続く。つまり、約二キロの登坂で逃げる選手が出たり集団が分断したりしても、その後の下りと平坦路で追走がかけやすい。よって、まるでアメーバみたいに集団が分裂したりまとまったりを繰り返す、落ち着かないレースになる可能性が大きい。そして実際、今年も目まぐるしいレース展開になった。

最終局面では国内のコンチネンタルチーム、インターテクニカサイクリングに所属するフランス人選手とアメリカのコンチネンタルチームの二名がメイン集団から抜け出し、そのまま逃げ切る形になったのだが、僕はというと、危うくタイムを失うところだった。というのも、残り二周となって形成された終盤のメイン集団に、エルソレイユ仙台は僕を含めて誰も残れていなかったからだ。二日前の落車の影響から回復し、率先してチームを牽引していた陸がマシントラブルで大きく遅れてしまったのが痛かった。アシスト選手が一人減った影響は大きく、メイン集団の後方にできた七名の小集団には、その時、僕と梶山さんしかいなかった。しかも、他チームの五名は、メイン集団への復帰をあきらめた気配が濃厚で、そのままだと、さらに後方からの集団にも追い着かれそうな状況だった。

最終周回に突入したところで、

「俺が全力で引く。なんとしてもメインに追い着け」

僕にそう言った梶山さんが、膝の状態が思わしくないにもかかわらず、一気にペースアップした。

周回コースが終わる直前の短い登りを全速力で駆け上がったところで、前を走っていた梶山さんが、

「行け！」と言って、道路の左端に自転車を寄せた。

前方にメイン集団の最後尾が見えていた。

追い越す刹那《せつな》、ちらりと見た梶山さんの顔は、苦しげに歪《ゆが》んでいた。梶山さんの、あんなに苦しそうな顔を見たのは初めてだった。

失速した梶山さんを置き去りにした僕は、ゴールまで残り一キロの時点でかろうじてメイン集団の最後尾に張り付くことができ、新人賞争いのタイムを失わずに翌日の富士山ステージに臨むことになった。

だが、そこで実力の差が出た。

富士山ステージの上位を占めたのは、すべて外国人選手だった。日本人で最も速かった選手でも、トップから二分三十秒遅れの十二位だった。

以前から言われていることだが、世界との差はここにある。

短めのアップダウンが頻繁に繰り返されるサバイバル的なレースには、日本人選手はまあまあ強い。しかし、純粋にヒルクライム能力が問われるようなコースレイアウトだと、どうしても外国人選手には太刀打ちできない。ということは、ツール・ド・フランスを筆頭にした三大ツールのような、険しい山岳コースが何日にもわたって続くようなレースでは、なかなか活躍が難しいという話になってくる。

ツアー・オブ・ジャパンの場合もそうだが、国内のレースのほとんどが周回コースで行われる——諸事情により本格的なラインレースを開催しにくい——という環境が影響している、というのもよく言われることだ。

ともあれ、富士山ステージでの僕の結果はというと、トップから四分二十七秒遅れの十八位に終わった。それでも日本人選手の中では三番目の成績で、去年の僕であれば上出来以上の結果に大満足していたと思うのだが、新人賞争いをしている選手の中で四つも順位を落としてしまった。前日の梶山さんの捨て身とも言えるアシストを受けたのに大きくタイムを失う結果になってしまい、申し訳ない気持ちで、いや、不甲斐なさでいっぱいだった。

その梶山さんだが、前日の南信州ステージでのアシストで無理をした膝が、富士山ステージで標高が上がるにつれ、気圧の変化が原因で痛みが強くなり、大きくタイムを落とした。完走はしたものの、トップから二十四分以上遅れ、最下位集団に交じって七十八位でのゴールとなった。

翌日の第七ステージ「伊豆」のスタートラインに、梶山さんの姿はなかった。本人はまだ走れるとスタートラインに並ぶつもりでいたのだが、監督と山下さんに説得され、当日の朝になってＤＮＳ（Did Not Start）を決断してレースからリタイアした。

メンバーを二名減らして、しかもダブルエース的な二人を失って臨んだ伊豆のステージは、厳しいステージとなった。

伊豆の修善寺から車で二十分ほど東にある「日本サイクルスポーツセンター」を使って行われる伊豆ステージは、もともとコース自体がきつい。修善寺駅からスタートして十一キロ走ったところで、一周が十二・二キロの特設コースを九ラップするのだが、この周回コースが曲者だ。登っているか下っているかのどちらかで、平坦区間がないのである。

平坦区間が存在しないと、集団内でゆっくり休むことができない。よって、短い下りで集団から遅れないようにしつつ、登りで使った脚をいかに効率よく回復させながら走るかがポイントになる。

に登りで追い込み過ぎると、短い下りでは十分な回復ができない。回復しきれないままに再び登り始めてさらに疲労を溜め込むと、悪循環に陥ってどんどん疲労が蓄積され、最後にはなにもできなくなるのだ。しかも、大会が始まって七日目という、疲れがピークに達しているところでのステージなので、なおさらきつい。事実、去年の僕は、トップから二十分以上遅れて危うくDNFになりかけ、最下位から二番目という惨憺《さんたん》たる結果に終わっていた。

その轍《てつ》を踏まないように慎重に走ってチャンスをうかがうか、それとも、イチかバチかどこかで逃げを仕掛けるか……。

慎重に走り、その結果、メイン集団内でゴールしても、これ以上順位を上げられないのは確実だった。新人賞争いで僕より上位にいる五人のうち、トップを含めて三名がオーストラリアチームの選手なのだが、とにかく強い。よほど大きなアクシデントに見舞われない限り、メイン集団から遅れることはないだろう。

つまらないレースはするな。

梶山さんの声が聞こえたような気がした。

可能性は限りなく小さいけれども、逃げ切りを目指して走る。

スタートの十分前に、そう決めた。

桜井さんたちには、なんとしても逃げに乗るつもりなので、僕が乗っていない逃げは全力で潰しにかかってほしい、とお願いした。

アクチュアルスタートから通算五度目のアタックで四名の逃げが決まった。その逃げに、僕は乗ることができた。

残り二周となったところで、メイン集団から抜け出した三人の追走が合流した。合計七名となった逃げ集団だったが、そこで脚の差が出た。つまり、序盤から逃げ続けて疲労が溜まっていた僕を含めた四名ともう一人が脱落し、二名が残り一周で抜け出して差を広げ始めた。それに食い下がることができなかった僕は、最終的にメイン集団に吸収されてゴールした。

新人賞争いで僕よりも上位にいた選手のうち、四名がメイン集団に残っていた。その結果、新人賞争いでは一つ順位を上げたものの五位、個人総合時間賞では十七位に終わり、最終日を迎えることになった。さらに悪いことに、疲労がピークに達していた陸が、DNFとなって戦線を離脱し、エルソレイユ仙台は三名で最終日に臨まなければならなくなった。

最終日の第八ステージ東京は、日比谷《ひびや》公園に集合したあとで日比谷シティ前へと移動して号砲、その後、大井埠頭《おおいふとう》の周回コースに入り、完全にフラットな七キロのコースを十四ラップしてゴールとなる、典型的なスプリンターステージだ。

総合時間賞争いで五分以上遅れている僕が序盤の逃げに乗った場合、その逃げ集団に総合リーダーにからんでくる選手がいなければ、リーダージャージを保持しているインターテクニカサイクリングが逃げを容認してくれる可能性は大だ。だが、そのまま逃げ切ってのステージ優勝は、限りなく可能性が低い。スプリンターでステージ優勝を狙っているチーム、あるいは、僕に新人賞を持って行かれては困るオーストラリアのチームが、最終的には逃げを捕まえる動きをするはずだからだ。唯一の望みは、追走のメイン集団が計算ミスをして逃げを捕まえ損ねてしまうケースだが、ここまでフラットな周回コースでは、英語のことわざで言えば、干し草の山から一本の針を探すような話である。

それでも逃げ切りを目指してチャレンジするか、それとも、桜井さんでのステージ優勝を狙い、途中で無駄に脚を使わずにスプリント勝負に備えるか。だとしても、桜井さんをアシストするのが僕と悠の二人だけでは大きなハンデとなる。

その時僕は、本当の意味で、エースが背負っている重責に気づいた。

逃げ切りでの優勝を狙って動きたい。僕がそう言えば、おそらくそれが、チームのプランとなる。どんなに無謀だと思っていても、エースの希望は最大限に尊重される。監督がプランAで行こうと提案しても、エースがかたくなにプランBで行きたいと主張すれば、最終的にエースの意思が通り、アシスト選手はエースのために献身的に仕事をする。それだけ大きな責任を背負っているのがエースなのだ。理屈ではわかったつもりになっていたのだが、そのプレッシャーがどれほど大きいものか、身に染みてわかった。

二日目の京都ステージを上々の首尾で終えた時には、こんな八方ふさがりの状況に陥るとは予想もしていなかった。文字通り天国と地獄だが、これがレースである。

考えあぐねて最終的に僕が出した結論は、より可能性が大きな目標を設定して最終ステージに臨むこと。具体的には、僕のホワイトジャージを狙って賭けに出るのではなく、桜井さんのステージ優勝を目指して、僕と悠とで全力でアシストするというものだった。

最終日を前にしたいつもの夜のミーティングで、僕は自分からそれを提案した。

監督を含め、反対する者は誰もいなかった。僕の提案がこの時点では最も妥当なものであることは、誰に言われるまでもなく全員が了解していたからだ。そのあたりは、やっぱりシビアというか、精神論だけでどうなるものでもない世界である。

そして「湊人くん、悔いのないように頑張ってね」という瑞葉さんの励ましを受けて、ツアー・オブ・ジャパンの最終ステージを走り始めたのだが、最終局面では予想通り、五十名あまりでの集団スプリントとなった。

最後の発射台は悠にまかせ、僕はスプリント前の位置取りに専念した。その時、時速六十キロ以上で走りつつ脳裏によぎっていたのは、僕が落車することになった二ヵ月前のツール・ド・とちぎだった。ただし、ネガティブな映像が浮かんでいたわけではない。あの時の、最終局面でするするとポジションを上げていく、まるで魔法をかけて扉をこじ開けるような、梶山さんの動きを重ねていた。

ゴール前、三百メートルに達したところで、僕は不思議な感覚に襲われた。隣の選手と肩が触れるような密集した大集団の中にいるのだけれど、なぜか、周囲の動きが、選手たちの息遣いまでが、手に取るように鮮明に把握できた。これまでに一度も経験したことのない奇妙な体験だった。と同時に、自分の走るラインが、金色に輝いて前方に見えた。実際にはそんなことはないのだが、確かにそんな印象で走るべきラインが見えた。

そのラインを正確にトレースし、オールアウトになる寸前に離脱して、最後の発射台を悠に任せた。

集団に呑み込まれつつ、悠のアシストから解き放たれた桜井さんがゴールスプリントを始める後ろ姿が見えた。

ほぼ先頭で桜井さんが懸命にもがいている。

もしかしたら、と一瞬思った。

が、ゴールラインを駆け抜ける際、空に向かって高々と手を掲げたのは違うチームのジャージを着た選手だった。

ダメだったか……。

集団の後方でゴールラインを通過しつつ、さすがに落胆した。と同時に、いまの状況で自分にできることはすべてやったという、満足感とはちょっと違うのだけれど、出し切った感はあった。

ゴール地点で待ってくれている瑞葉さんの顔が見えた。残念そうな、しかし安堵したような、いくつもの感情が入り混じった表情で笑みを浮かべている。

先にゴールした桜井さんと悠が、瑞葉さんの前で自転車を止めた。

今年のツアー・オブ・ジャパンは、チームとしては散々な結果で終わってしまった。

このリベンジは必ずしなくちゃならない。

僕を待っている三人に向かってゆっくりと自転車を進めながら、固く心に誓っていた。

24

「そして最後はエルソレイユ仙台のホープ、小林湊人選手でしたぁ。みなさーん、もう一度大きな拍手をお願いしまーす！」

高畑さんと梶山さんのふたりと肩を並べてステージ上に立っている僕に、まばらではないけれど盛大とは決して言えない拍手と、キャッキャッという甲高い、いや、耳がきんきんするような歓声が送られる。

歓声を上げているのは十数人の幼稚園児だ。その後ろには、もうちょっと年長の小学生たちがいて、ぱちぱちと手を叩いている。

ステージの袖でマイクを握っているのは瑞葉さんだ。

「それでは、次回のベロスクールで、また皆さんにお会いできるのを楽しみにしています。今日はたくさんのご参加、本当にありがとうございました！」

瑞葉さんのアナウンスとともに一礼した僕たちは、笑顔で大きく手を振りながらステージの袖から降りた。

「お疲れさまでした」

ぺこりと頭を下げた瑞葉さんに、お疲れっ、ご苦労さん、ありがとうございました、とそれぞれが声をかけたところで、

「あのー、すいません、サインいただいてもかまいませんか」

五年生くらいの小学生の女の子を連れた、お母さんらしき女性に、声をかけられた。

「え、あの……」

梶山さんと高畑さんを見やってから、

「ぼ、僕でいいんですか？」とお母さんに訊いてみる。

「はい」

大きく母娘《おやこ》そろってうなずいたあとで、

「娘が、いえ、わたしもなんですけど、小林選手の大ファンなんです」少し恥ずかしそうに色紙とサインペンを差し出してきた。

反射的に受け取ってうろたえている僕に、

「おっさんたちは眼中にないってこと」

梶山さんが耳元でささやき、高畑さんと連れ立って、チームのテントへと歩いていく。ぎこちない手つきでサインを入れた色紙を僕から受け取ったお母さんと娘さんが、何度もお辞儀をしながら、木漏れ日のなかを歩いていく。

ふたりの姿が公園の外へと消えたところで、瑞葉さんが声をかけてきた。

「ほんとにうれしそうでしたね、いまの母娘」

「梶山さんか高畑さんにサインをもらいに来たんだと思ったのに、僕だったんでびっくりしました」

「なに言ってるの。最近、湊人くんの人気、急上昇中なんですよ」

「それはないですよ」

「いや、ほんとだってば」

「ほんとにそうなんですか？」

「うん」

「なんでだろ」

「東日本ロードクラシックでのプロ初勝利もあると思うけど、ブログの影響が大きそう」

「ブログ……ですか」

そう、とうなずいた瑞葉さんが続ける。

「今シーズンの湊人くん、昨シーズンとくらべると、こう言ったら失礼だけど、別人になったみたいにせっせとブログをアップしてるじゃない」

「あ、はい……」

理由は単純で、昨年末の契約更改の際、ブログのアップもプロとしての重要な仕事のひとつだと、澤井監督と葛西さんから言われたからだ。あれ以来、さすがに毎日は無理だけれど、二日に一度のペースを目標にアップしていた。

実際、最近では日常のルーティンのようになってきていて、あまり負担には思わなくなっているし、特にレースがあった日は、レース内容を振り返るためにとても有効なのを実感している。文章を書くという行為には、もやっとしていたものをはっきりさせる力があるようだ。

「湊人くんのブログ、なんか、すごくかわいいというか、読んでてほっこりするのよねえ。うん、この感じだと女子のファンがどんどん増えていくよ。私としては、ちょっと妬《や》けちゃうけど」

「そんなぁ。からかわないでくださいよ」

ニコニコしている瑞葉さんに言った僕の頬が、勝手に火照《ほて》ってしまう。

「えーと、じゃあ、今日はこれで。どうもお疲れさまでした」

照れ隠しに言った僕に、

「これから練習？」と、瑞葉さんが訊いた。

「ええ。軽く、カフェまで」

「梶山さんたちとランチ？」

「えーと、高畑さんはまだリハビリ中なんで、たぶん、梶山さんとふたりで」

「いいなあ。私もロードバイク、始めようかな」

「えっ、ほんとに？」

「実は、うちでも女子部を作ろうかという話が出てるの。といっても、競技を目指すんじゃなくて、あくまでもPRのために。うちで主催しているイベントはもちろん、あちこちのファンライドでエルソレイユ仙台の知名度を高めてファンを獲得するのが目的ね。で、女子部を作るなら、当然というか、話の流れからして私がキャプテンだろっていうことになりそうで……」

「レースを目指すんじゃなければ、全然問題ないですよ」

「そうかなあ」

「大丈夫ですよ」

「でも、ぴちぴちのサイクルウエアを着るのは抵抗があるというか、さすがにちょっと恥ずかしい」

「恥ずかしがる必要はないですよ。瑞葉さん、スタイルがいいから、絶対似合います。保証しますって」

必要以上にむきになってしまったみたいで、瑞葉さんが笑いながら言った。

「保証されても困るんだけど」

「いや、すいません、つい……。あの、とりあえず、お疲れさまでした」

しどろもどろに言った僕は、瑞葉さんから逃げるようにして、公園の一角に停めてあるチームカーのほうへと足を向けた。

ツアー・オブ・ジャパンが終わってから、ちょうど一週間が経っていた。

日曜日の今日、午前十時からの一時間半、仙台市内の公園で開催しているエルソレイユ仙台主催の子ども向け自転車安全教室「ベロスクール仙台」に、僕は梶山さん、高畑さんと一緒に駆り出されていた。

もともとの予定では、下部育成チームのソレイユ仙台のメンバーが講師をすることになっていたのだが、三日前の木曜日から始まっているツール・ド・熊野に出走していない三名が、お手伝い、というよりは、メインの講師として急きょ呼ばれたのである。

和歌山県の新宮《しんぐう》市と太地町《たいじちょう》、そして三重県の熊野市を舞台に開催されるツール・ド・熊野は、UCIのアジアツアーに組み込まれている四日間にわたるステージレースだ。シーズン・インの時点ではチームの戦略上重要なレースとして位置づけていたし、国内では貴重なUCIレースなので当然僕は出走するつもりでいた。実際エントリーもしていたのだが、ツアー・オブ・ジャパンでの落車の怪我の影響でまだレースに復帰していない高畑さんと梶山さんと一緒に、メンバーから外された。

僕が外された理由は、疲労が蓄積されすぎているからだとのこと。確かに、ツアー・オブ・ジャパンの八日間を全力で走って疲れてはいた。でも、それはほかのメンバーや他チームの選手も同じ条件であるし、ツール・ド・熊野の初日までの三日間で十分に回復できると、自分では思っていた。けれど、僕のパワーデータの分析から得られたトレーニング・ストレス・バランス——ものすごく簡単に言えば、体力と元気さのバランス——を分析すると、三週間後の全日本選手権にピークを持っていくためには、今回のレースは見送ったほうがいい、という結論になるのだという。そう監督から言われ、腑に落ちないと思いつつも、仕方なく留守番組に回ることになったのだった。

自転車選手としての競技歴は浅い僕だけれど、疲労とパフォーマンスの関係には、確かに不思議なところがあるのを実感している。事実、かなり調子がいいと思って臨んだレースなのに、実際に走ってみるとさっぱり脚が回らなくて話にならない場合もあるし、このコンディションじゃあ今日は無理かもと思いきや、途中からやけに調子がよくなることもあって、いまだに自分の状態を正しく把握できないことが多い。

その点について、陸上をやっていた時はこうではなかったのですが、と高畑さんに真面目に疑問をぶつけてみたことがある。

陸上は何年やってたんだっけ、と高畑さんは僕に訊いた。中学から数えると通算八年です。そう答えた僕に、自転車は今年で何年目？　と悪戯っぽい目で高畑さんが尋ねた。えーと、三年目です。その答えに、だろ？　と言った高畑さんは、もっと経験を積めば自分が感じているコンディションと実際のパフォーマンスが次第に一致してくると思う、と言った。

なるほど、そんなものかな、と高畑さんのアドバイスには納得したし、たぶんそうなのだろうとも思う。

これは僕の勝手な推測にすぎないのだけれど、自転車ロードレースが、極端に競技時間が長いことが関係しているのではないかと思う。競技の真っ最中に、水分だけでなく補給食を摂ってエネルギーの補充をしなければ最後までもたないスポーツって、普通はない。エネルギーの代謝メカニズムが、通常とは違ってくることがコンディション作りの難しさに影響しているように思えなくもない。

ともあれ、実際にどうなのかは、高畑さんが言うように、もっと経験を積み重ねなければわからないのだろうが、とりあえずいまは、パワーデータの分析をもとにした指示には、素直に従うことにしている。というか、従うしかないのが、ベテランには程遠い僕の立場だ。

公園の木陰に駐車しているチームカーが見えてきたところで、ふと僕の足が止まった。

ハイエースのサイドドアに接続する形でタープが張ってあり、休憩用のテーブルと椅子が置かれているのだが、そのテーブルをはさんで梶山さんと高畑さんが話をしている。

ふたりの様子がちょっと変だ。

別に言い争いをしているわけではないのだが、いつものようななごやかな雰囲気じゃない。二人ともかなり真剣な表情で、なにかを議論している。

こういう時、たとえば三橋さんみたいに、どうしたんですかあ、といった感じで話に入っていける性格じゃない僕は、ドリンクブースのテントの陰に身を隠して、二人の様子をうかがった。

梶山さんの言葉に高畑さんが難しい顔をして首を横に振っている。

それが何度か繰り返されたあとで、しゃあないなあ、という表情としぐさをした梶山さんがなにかを言うと、ようやく高畑さんがうなずいた。

うなずき返した梶山さんの表情が緩み、高畑さんにも笑顔が戻った。

いったいなんの話をしていたんだろうと思いつつ、ドリンクブースから離れて、二人のそばへと歩いていく。

僕の姿に気づいた梶山さんが、軽く手を挙げて表情を崩した。

「小林選手、女子にモテモテだねえ。おっさんとしては、マジ羨《うらや》ましい」

いつもの梶山さんだ。

「いやあ、小学生にモテても」

そう言って冗談を返せるくらいの余裕はあったものの、二人でなにを話していたのかを訊くことはやはりできなかった。

それは、このあとで出かけたカフェまでのライドでも同様で、梶山さんにいつもと変わった様子が全然なかったこともあって、結局聞きそびれたままで終わってしまうことになった。

25

正式名称が「全日本自転車競技選手権大会ロードレース」略して『全日本選手権ロードレース』あるいはもっと簡単に「全日本ロード」のメインレースとなる男子エリートのカテゴリーが開催される三日前、木曜日に島根県の益田《ますだ》市に現地入りした僕たち選手は、先に来て準備を整えていたスタッフから自転車を受け取り、コースの試走に出ていた。

通常六月の後半と、梅雨の時季に開催されるために天候が崩れることも多い全日本ロードだが、今年は天気に恵まれそうだ。

朝は曇っていたとのことだが、僕らが試走に出かけるころには気持ちよく晴れて、気温も二十五度前後とさわやかだった。天気予報でもこの先しばらくは大きく崩れることはないみたいで、日曜日の本番はむしろ暑さとの戦いになる可能性もありそうだ。

時おり他チームの選手が試走している姿を見かけながら、僕らも本番で使われる周回コースを十周ほど、チームでまとまって走ってみた。

試走してみた印象は、大集団に有利そうなコースレイアウトだな、というものだった。

一周が十四・二キロメートルのコースを反時計回りに十五周、総距離二百十三キロで、僕らが出走する男子エリートは戦われる。

その一周十四・二キロは、大まかに三つのブロックに分けられると言っていい。

スタートから最初の五キロメートルは、連続して登りが出てくる登坂コースとなっている。スタート直後から、まずは七〜八パーセントの登りが、途中わずかなフラット区間を挟み、一・五キロほど続く。そこでいったん短い下りが出てくるものの、その後は比較的緩い四〜五パーセントの登りが一キロちょっと続く。その先を下った先に登り返しがやって来て、平均勾配が八パーセント程度の登りを八百メートルほど一気に駆け上がる。その坂を登り切ったところがスタートから五キロメートルの地点だ。

この序盤の登り区間自体には、それほど厳しい印象は受けなかった。途中の緩めの登りは速度も上がるのでドラフティングも効きそうだ。ただ、全日本選手権ロードレースが通常の国内レースと違うところは、距離が長いことである。走行距離が二百キロを超えるレースとなると、ほかにはツール・ド・おきなわくらいしか見当たらない。となると、終盤になるにつれてどんどん苦しくなってくるのは確実で、やはりこの区間が勝負どころとなるはずだ。

その後は牧場手前に一瞬急坂が出てくるものの、比較的見通しのよい下りが、四キロちょっと続く区間になる。下り基調で見通しがよいというのは、基本的に逃げには不利だ。逃げる選手が前方に見えているのといないのとでは、追う側の心理状態が大きく違ってくるからだ。

その後の終盤の五キロちょっとは、小さな起伏はあるものの、ほぼ平坦路と言っていい。ただし見通しのよくないコーナーがしつこく続く。ということは、こういう区間でアタックをかけるのもありだ。

いずれにしても、全体的に路面状況がよいこともあいまって、難コースというほどの設定ではないと思う。序盤の登り区間で差がついたとしても、その後の下りと平坦路で、十分に挽回できるコースレイアウトだ。ということはつまり、基本的には逃げよりも追走の大集団に有利なレイアウトだと言えるわけで、試走後のほかのメンバーも、僕とほぼ同じ感想を抱いたようだった。

だが実際にどうなるかは、コースレイアウトだけで決まるわけじゃないので複雑だ。

男子エリートの前日、今日開催された岡島陸が走ったU23（十九〜二十二歳）カテゴリー、周回数が十一周、百五十六キロのレースでは、最初からサバイバルな展開になり、先頭集団がそのままメイン集団となって次々と弱い選手が脱落していき、最終的に二十五名ほどに絞られた先頭集団から、最終周回の登りで二名が抜け出した。その二名の片方が陸だった。そのマッチレースを制して、陸が優勝という、僕らにとってはたまらなくうれしい結果となった。

ソレイユ仙台から昇格して、今シーズンからエルソレイユ仙台の新人として走り始めたばかりのプロ一年目、まだ二十一歳の陸だが、加入当初から、こいつ凄いぞ、と僕は思っていた。たぶん岡島陸は、今後、日本を代表するような選手になっていくに違いない。

ともあれ、陸の祝福すべき勝利が、今夜のミーティングをかえって混乱させたと言えるかもしれない。陸にはなんの責任もないのだけれど……。

26

「今回のコースなら、危険な逃げを作らないようにチェックして、まずはちょうどいい逃げを泳がせる。その後は我々が集団をコントロールして、最終周回の手前で逃げを吸収。で、スタート／フィニッシュライン後の登りで一気にペースを上げて集団を崩壊させ、タイミングを見てカウンターアタック。不確定要素が多い集団スプリントは避けたいから、理想的には、最終局面での先頭集団は多くても五、六名に絞り込み、そのなかにうちから二人は入って有利な展開にする。そこまで持っていければ、優勝に確実に手が届くでしょ。まあ、レースの状況によっては、残り二周から同じような展開に持っていき、二度揺さぶりをかけて集団を振るい落としにかけてもいい。いずれにしても、最もオーソドックスな作戦で問題ないと思う。明日は、Ｊプロツアーと違って、パワード・バイ・ステルスのナバーロとか、やっかいな外国人選手がいないし、それに、レースを掻きまわしそうなユキヤとフミ、今年は出ないしね」

どんなプランで明日のレースを戦うか、意見があったら、まずは自由に言ってくれ。ミーティングの冒頭、そう切り出した澤井監督を受けての梶山さんの即答である。梶山さんが口にしたユキヤとフミというのは、現役でワールドツアーを戦っている新城幸也《あらしろゆきや》選手と別府史之《べっぷふみゆき》選手のことだ。

「浩介さん、それって単純すぎ」

そう言ったのは高畑さんだ。こんな口調で遠慮なく梶山さんに言えるのは、選手のなかではキャプテンの高畑さんだけである。

「そうか？」

「浩介さんが忘れていることがふたつあります」

「ふたつもか」

「ええ」と笑った高畑さんが言う。

「まずは、いつものＪプロツアーと違って距離が長いこと。それが決定的です。コース自体は極端にきつくないとはいえ、獲得標高は四千メートル近くになるから、終盤につれて確実に脚が削られます。序盤の逃げをすべてチェックしたうえで集団コントロールを最初から最後までし続けたら、正直、うちのチーム力ではもたないと思う」

「そう？」

「全員が浩介さんなら別ですけど」

高畑さんの言葉に、小さな笑いが漏れる。可笑しくて出た笑いというよりは、若干、自嘲的な笑いだ。

確かに高畑さんの言う通りなのだ。結局、自転車のトレーニングって、なんだかんだ言って順応の要素が強いと。

前に澤井監督が言っていた。

自転車のトレーニング方法には、運動強度別にさまざまな種類があり、それを組み合わせてトレーニングメニューが作成されるわけだけれど、僕らはトレーニングを目的にトレーニングをしているわけじゃない。レースに出て勝つために、あるいは、レースで自分の仕事をきちんとやり遂げるためのトレーニングでなければ意味がない。

そういえば、チームに加入した当初は、パワーメーターに使われちゃいけないぞと、澤井監督からしょっちゅう言われていた。

確かにパワーメーターは運動強度をリアルタイムで計測できるので、トレーニングには有効だ。けれど、うっかりすると、パワーの数値を出すことが目標になってしまう。もちろん数値がよいに越したことはないのだけれど、レースでは逆に、いかにパワーを出さずに効率よく戦うかが大事になる。たとえば三時間のレースの平均パワーを比べた場合、平均二百ワットの出力だった選手が、平均二百二十ワットを出していた選手よりも上位に入っているということはよくあるのだ。

いずれにしても、最終的には出走するレースを想定したトレーニングになっていることが重要で、走行距離が二百キロを超えるレースに出るのであれば、二百キロをレースの強度で走り切る練習によって、その強度に肉体を順応させておく必要があるということだ。しかも、同じ距離のレースでも、比較的フラットな高速レースもあれば、延々と登りが続くような山岳コースもある。

で、国内のレースのほとんどが、長くても百キロちょっとの距離で行われるため、自然にそれに合わせた練習になっている。つまり、たいていの日本人選手は、二百キロを超える距離のレースに順応しているとは言えない状態にあるのが普通なのだ。

だから、全日本ロードの距離に梶山さんが提案したオーソドックスな作戦で臨むには、個々の選手の力がまだまだ不足していると言わざるを得ない。それはエルソレイユ仙台に限ったことではなく、国内のどのチームにも共通していることだけれど。

「それとふたつめは――」と言って、高畑さんが陸に目を向けた。

「独走力のある陸が明日出走しないのは、やはり大きいかな。浩介さんが言うような王道の集団コントロールをするには、やはり一枚コマ不足かなと、俺は思う」

「すいません、明日出られなくて」

謝った陸に、

「いやいや、責めてるんじゃないって。二冠王なんだから、おまえは堂々と胸を張っていていいの」と高畑さんが目じりに皺を寄せて言った。

全日本ロードの個人タイムトライアルが、一週間前に石川県の羽咋郡志賀町《はくいぐんしかまち》で行われ、陸はそこでもU23カテゴリーで優勝していた。ちなみに僕も出走していて、男子エリート部門で三位という、自分でも驚くような結果を残せた。監督の指示にしたがってツール・ド・熊野の出走を回避したことが、たぶんプラスに働いたのだと思う。

ともあれ、明日の全日本ロードに陸が出られないのは、U23とエリートのカテゴリーに重複してエントリーできない競技規則になっているからだ。

「でもさあ、やってみなくちゃわかんないじゃん？　死ぬ気になればなんとかなるかもよ。それに、人間、そう簡単には死なないし」

その梶山さんの言葉に全員がずっこけそうになる。ほかの人間が同じことを言ったら、精神論を振りかざす旧人類、みたいな扱いになるところだけれど、梶山さんの場合は、あまりにあっけらかんと言うので、うっかりすると、そうなのかも、と納得しそうになるので要注意だ。

「浩介さん。キャプテンが言うように、浩介さんのプフン、やはり現実的じゃないと俺も思います。それが余裕で可能なチームにいずれはならなくちゃ、とは思いますが、正直なところ、いまはまだそこまで到達していないですよ」

常に冷静な原田さんが、落ち着いた口調で言った。

確かに、と同意して桜井さんが続ける。

「まずは逃げに誰かを乗せて、メイン集団をコントロールしなくてもいい状況を作っておき、最終局面での勝負要員は温存しておく作戦が、やっぱり現実的なんじゃないですかね」

「俺もそう思います。浩介さんくらいの力があるアシストがいれば別ですけど、さすがに俺ら、いや、俺じゃあ、最初から最後まで集団をコントロールするのって、明らかに力不足っす」

三橋さんが口をはさんだ。口調はいつものように軽いけれど、自分の力不足を悔しがっているこ とが、表情から伝わってくる。

「俺、今回はアシストに回るけど」

梶山さんが言った。

あまりに普通のしゃべり方だったので、瞬時には意味がわからなかった。それは僕だけではなかったみたいで、ミーティングルーム——例によってホテルの監督の部屋——に一瞬、空白の時間が降りた。

「あのー、いま、アシストって言いました？」

恐る恐るといった口ぶりで悠が尋ねる。

「うん、言った」

「えっと、なんでですか……俺、全日本では浩介さんがエースだと、ずっと思っていたんですけど」

ですよね、という目をして、悠が周囲を見回した。悠に目を向けられた面々も、僕を含めて戸惑い顔だ。

「なんでって、俺、言ったはずだよ。和哉にしても誰にしても、明らかに俺より強い奴が出てくるようだったら、全日本の時のエースはそいつに譲るつもりだって。だからそういうこと。梶山浩介、明日は全力でエースをアシストします！」

まるで選手宣誓みたいに梶山さんが右手まで挙げて宣言した。

十秒くらい、しーんとしたまま、誰も口を利かなかった。

「どうしたの、みんな」

梶山さんが最初に口を開いた。

「あの、えーと、浩介さんがエースを務めないとしたら、いったい誰が……」

悠が困惑の表情でつぶやくように言った。

「もちろん、こいつ」

そう言った梶山さんの人差し指が、まともに僕に向けられている。

ちょっと待ってください。

そう僕が言う前に三橋さんが声を上げた。

「いくらなんでも、こいつじゃ……いや、ごめん、湊人では荷が重いですよ。どうしても浩介さんがエースを降りるというのなら、やっぱり高畑キャプテンが――」

梶山さんが三橋さんを遮るように言う。

「忘れてないだろ？　群馬での湊人、明らかに俺より強かった。それに、この前のツアー・オブ・ジャパンでは、和哉が離脱したあと、湊人をエースにするのに誰も異論がなかったじゃん」

「俺、ツアー・オブ・ジャパンは走っていないですって」

「だっけか？」

「だっけかって、それ酷すぎっすよ。俺だって、出たかったのはやまやまなんですから」

「三橋」

ずっと黙って耳を傾けていた澤井監督が三橋さんの名前を呼んで言った。

「論点がずれているぞ」

はっとした顔になった三橋さんが、すんません、とぼそぼそ言って小さくなった。

ものすごく微妙な空気がホテルの一室に満ちた。

チームメイトで戸惑いの表情を浮かべていないのは原因を作った梶山さんだけ……いや、違う、高畑さんも落ち着いた顔つきだ。といっても、いつものことだけど……。

そこで僕は、もしかして、と思い出して、はっとなった。あの自転車教室。仙台市内の公園で開催した子ども向けのベロスクールの直後に目撃した、梶山さんと高畑さんの不可解な会話の様子。あの時から二人のあいだでは了解事項だったのかも……。

その梶山さんと高畑さんに次いで年長の桜井さんが、気まずい沈黙を破った。

「高畑さん。あえて率直に訊きますけど、実際、調子はどうなんですか？　先週のタイムトライアル、出走を取りやめにしたのは、やっぱりツアー・オブ・ジャパンでの落車の影響？」

「万全で臨んでも優勝が無理なのはわかっていたから、ロードレースのほうに集中することにしたというのは確か」

高畑さんが答えた。

優勝が無理なのはわかっていた、というのは、今回個人タイムトライアルの男子エリートにエントリーしていたなかで、トラックの中距離競技で日本代表にも選ばれる圧倒的に強い選手が二名、企業系の同じチームからエントリーしていたからだ。

実際、一週間あいだをおいて開催されるロードレースのほうに照準を絞っている選手が多く、個人タイムトライアルにエントリーした選手は合計で三十名弱と、かなり少なかった。僕らエルソレイユ仙台でも、エリートの個人タイムトライアルに出走したのは、高畑さんが見送ったことで、僕と桜井さん、そして悠の三名だけだった。

「で、明日のロードレースは、走ってみないとわからないというのが正直なところだ」

その高畑さんの言葉を受けるようにして、澤井監督が口を開いた。

「ここまでの前半戦、チームとしてそこそこの成績は残せているが、いい意味でも悪い意味でも、春先に描いたプラン通りにはいっていない」

一度言葉を切って僕らを見回した監督が続ける。

「悪いほうは、先月の落車の影響で、和哉と浩介の二人が決して本調子とは言えないこと。これはうちにとって、かなり厳しい状況だ。その一方で、うれしい誤算と言ったら本人には悪いが、湊人が急速に力をつけてきている。全日本という大舞台がほかのレースと違うのは、もちろんわかる。どうしてもタイトルを獲りたい、あるいは、自分が無理ならこいつに獲らせてやりたい。たとえ同じチームにいても、そんな具合に個々の選手のさまざまな思惑が錯綜するのが当たり前だ。だが俺は、あくまでもチームでの優勝を目標に一つ一つのレースを戦うという基本方針を変えるつもりはない。したがって、いまのうちにとってベストな戦略で明日のレースに臨む。それに異論のある者がいたら遠慮なく言ってくれ」

当然だけど、異論をはさむものはいない。内心ではどう思っていようとも……。

しばらく僕らの表情をうかがっていた澤井監督は、左手の手のひらに軽く右のこぶしを打ち付けると、

「よし、じゃあ、そろそろ具体的なプランを練るとしよう。まずは、最終局面でのエースは湊人でという浩介の提案には俺も賛成だ。いいか？　それで」そう言って、僕に目を向けた。

いや、それはちょっと……と辞退したい気持ちと、ここまで来て嫌だとはいえないじゃん、というあきらめと、これだけ重要なレースでエースを任されるような存在になれたんだという、信じられないながらも嬉しさが入り混じった気持ちとが複雑に交錯して、すぐには返事ができない。

「無理か？」

監督のその言葉で決心がついた。

「やります」

そう答えた僕は、腰を下ろしていたベッドの縁《へり》から立ち上がり、居合わせた全員に向か

って頭を下げた。

「俺、全力で頑張りますので、よろしくお願いします」

表情を緩めて全員がうなずいてくれた。

「あんまり気負いすぎるとろくなことにならないから、リラックス、リラックス」

梶山さんだけは、ニヤニヤしながら力が抜けるような言葉を僕にかけてきたけれど、梶山さんなりの気遣いのように、僕には思えた。

「ただ、最初に浩介が提案したプランで行けそうかとなると、和哉たちが言うようにかなり厳しいと思う。今日のU23では最初の逃げがそのまま先頭集団になって、結局、追走のメイン集団は形成されずに展開したわけだが、陸、おまえ、実際に走ってみてどうだった?」

監督に訊かれた陸が、眉根を寄せながら難しい顔をしてレースを振り返る。

「えーと、距離が十一ラップ百五十六キロで、エリートよりもかなり短かったのにサバイバル的なあの展開になったのは、やっぱり大学生チームが主体のレースだったからじゃないかと思うんです。それにプロと違って、チームプレイに徹しようとする選手の数も少なかったような気がするし……」

「結局、逃げ切りは難しそうな印象なの? 走った感じでは」

桜井さんから訊かれた陸がうなずいた。

「大集団に有利なのは間違いないと思います」

「最後、集団スプリントになる可能性もありか」

　原田さんの言葉に、

「逃げが強力じゃない場合には、たぶんそうなるんじゃないかと……」

　自信なさそうにではあったけれど、陸はそう答えた。

　そこで僕は、ミーティングの最初で、不確定要素の大きい集団スプリントは避けたいと言った梶山さんの言葉を思い出していた。

　エルソレイユ仙台で最もスプリント力があるのは桜井さんだが、他チームにも桜井さんに劣らないスプリンターが何人もいて、六、七人の名前がすぐに思い浮かぶ。

「ということは――」と言った高畑さんが、

「最終局面で集団スプリントになった際の勝負要員として、桜井は湊人と一緒にメイン集団内で脚を貯めといたほうがいいか……」自分に向かって確認するようにうなずいてから、

「やはり、少なくとも一人か二人は逃げに乗せて、他チームのスプリンターの脚を削っておいたほうがいいだろうね。どう？　みんな」と提案する。

　うんうん、とほとんどのメンバーがうなずいた。

　エルソレイユ仙台から複数名を逃げに乗せることで、ある程度速いペースの逃げ集団を意図的に作る。複数名でというのは、一人だけではさすがに逃げの速度をコントロールす

るのは難しいからだ。するとそれを追うメイン集団もタイム差がつきすぎるとまずいので、必然的にペースが上がる。スプリンターは基本的に登りが苦手なため、速いペースで周回を重ねていくと登り区間でどんどん脚が削られて苦しくなっていく。一方桜井さんは、ほかのチームのスプリンターよりは、比較的登りに強い。なので、最後に集団スプリントになってしまった場合でも、桜井さんで勝てる可能性が高くなる。

　問題は誰が逃げに乗るかだが、

「俺か和哉が逃げようか？」と梶山さんが言った。

「いやあ、それはまずいんじゃないですかね。たぶん他チームは、キャプテンか梶山さんのどちらかがエースで、あるいはダブルエースでうちが作戦を立てていると睨《にら》んでいると思います。だから、逃げようとしても厳しくチェックが入って潰されるでしょうね」

　原田さんが言うと、

「いや、かえって混乱するんじゃないか」と梶山さんが返した。

「でも、逆に強力すぎる逃げができちゃったりして。今日のU23みたいに」と桜井さん。

　たとえば、ほかのチームが、エルソレイユ仙台のエースは高畑さんだと認識しているとする。その高畑さんが逃げに乗るためのアタックをしたら、え？　エルソレイユのエースは高畑じゃなくて別にいるのか？　いや、やっぱりエースは高畑で、逃げ切り優勝を狙っているのか？　などと戸惑って混乱に陥り、結果エルソレイユ仙台に有利な展開に持っていける。それが梶山さんの意見だ。

その意見に対して桜井さんが挟んだ疑念は、高畑さんが逃げ始めたのを見て、他チームのエースやサブエースの選手が次々と便乗してくるのもあり得る話で、気づいたら超強力な逃げ集団ができてしまい、我々のプラン通りの展開が難しくなってしまうんじゃないか、というものだ。

「いっそのこと、湊人が逃げに乗ってそのまま逃げ切り勝利を目指すとか？」

「そりゃあ、さすがに無理だろ」

「案外、面白いかもしれないっすよ。他チームは湊人がエースだとは思っていないだろうから、意表をつけるかも」

「あー、それ、なかなかいいかも。逃げのメンバーを見て、場合によっては、湊人の援軍に誰かがブリッジをかけてもいい」

「誰かって、誰ですか？　それ、けっこうきついと思いますけど」

「俺がやってもいいぜ」

「でも、このところの湊人さん、絶好調じゃないですか。かなり警戒されているんじゃないかな。そこに梶山さんがブリッジをかけたら、その段階でばればれですよ」

「ばれたころには、すでに手遅れってこと」

「そう上手くはいかないんじゃないかなあ」

話が次第に混乱してきた。いったいどんなプランがベストなのか、僕もわからなくなってきた。

「ところで、さっきからずっと黙ってるけど、エースの意見は?」

梶山さんが僕に話を振ってきた。

うーん、正直なところ困る。

言い淀《よど》んでいる僕を梶山さんがうながす。

「エースの希望や意見は極力尊重するから、遠慮しなくていいぞ。なにせ、明日勝てばナショナルチャンピオンなんだからさ。なりたいだろ? チャンピオンに」

なりたいです。迷いなくそう答えられない自分に、自分でも驚いた。驚いたというより、戸惑いめいた妙な気分に陥ったと言ったほうが正確だろうか……。

チームの勝利は心から望んでいる。それはいつも同じだ。チャンスがあればレースで勝ちたい。東日本ロードクラシックでのプロ初勝利以来、そう思うようにもなった。でも、それを日本チャンピオンと結びつけて考えてはいなかった。さっき、監督から「無理か?」と問われて「やります」と答えた時も、エースのポジションを引き受けるからには勝利を目指さなくちゃ、とは思ったけれど、自分が勝つこととナショナルチャンピオンになることが、正直なところ、結びついていなかった気がする。

どれだけの選手が全日本選手権での勝利を目指して、死に物狂いで日々努力をしているのか。いったい何人の選手が日本チャンピオンのジャージに袖を通すことを夢見ているのか。そして、どれだけ多くの選手が夢破れてこの世界から去っていったか……。

全日本チャンピオンの称号の持つ本当の価値の重さに、梶山さんから「なりたいだろ？　チャンピオンに」とまともに訊かれて、初めて気づいた気がする。

そんな背景のもと、現実問題として、全日本で勝ちに行くと宣言していた梶山さんや、何年もチャンピオンを狙いながらまだ実現していない高畑さんを差し置いて、僕が日本チャンピオンを目指さなくてはならなくなったわけで、いや、これは実際、大変なことになっちゃったぞ……。

かといって、いまさらエースは勘弁してくださいとは言えないし……。

内心での戸惑いと動揺を懸命になって抑え込んで僕は言った。

「これまでのレース、逃げ要員として働くことが多かったんで、逃げに乗るほうが気楽と言えば気楽なんですけど、明日のレースで逃げ切る自信は正直ないです。もちろん逃げのメンバーにもよりますけど」

これ、絶対に梶山さんの問いに対する答えにはなっていないよな、と思ったのだけれど、当の梶山さんが自分の発言を忘れてしまったみたいに、

「じゃあ、やっぱりエースは集団内で温存だな——」と言ったあとで、

「最初に俺が言ったプランじゃ、やっぱりだめ？」と付け加えた。

「いや、さすがにそれは」

苦笑した高畑さんが、監督のほうを見やって、ですよね、と念を押すように言った。

うなずいた澤井監督が、一度咳払《せきばら》いをしてから、あらたまった口調で話し始めた。それは、選手たちの意見を聞いたうえで監督として最終的に作戦を決めたサインであることを、僕たち選手は暗黙の了解として共有している。

「最終局面の勝負要員として、湊人と桜井の二名は、メイン集団内で温存する。逃げには三橋、原田、小野寺の誰かが必ず乗るようにする。できれば複数名で逃げて、そこそこ速い逃げのペースを作ればベターだ。万一逃げに乗り損ねるか、あるいは一人しか乗れなかった場合には、独走力のある浩介か和哉でブリッジを試みる。その際、他チームのエース級の選手は連れて行かないように注意すること。ただし、二人のうちどちらかは、司令塔として集団内に残るようにしてくれ。そこから先は臨機応変に対応するしかないが、最初に浩介が言ったように、最終周回で逃げを吸収できれば、あとは状況次第だ。現場のおまえたちにすべてを託す。現状ではこれがベストなプランだと思うが、どうだ？」

異論は出なかった。

それがベストだと僕は思ったし、たとえ疑問を払拭できない者がいたとしても、一度決まればそのプランに沿って、個々の選手が身を挺《てい》して全力を尽くす。たった一人が勝者で残りはすべて敗者という、結果だけを見れば徹底して個人競技ではあるけれど、その実は緻密なチームプレイで臨まなければ勝てないのが、現代のサイクルロードレースなのである。

それはいい。それはいいのだけれど、ミーティングが終了して各自の部屋に戻ったあとで、僕はこれまでにない不安に襲われた。

アシストとして走ることが、肉体的にはきつくても、精神的にはどんなに楽だったのかを思い知らされた。全日本選手権でエースを担うプレッシャーは、東日本ロードクラシックの比ではなかった。あの時は、なし崩し的にたまたま自分がエースに抜擢されたわけで、それ相応のプレッシャーはあったけれど、根本的に質が違っていると言うしかない。

これじゃあ絶対に眠れない。

ベッドに潜り込んだ僕は悶々《もんもん》と寝返りを繰り返すばかりで、一睡もできないまま朝になるのは間違いないと、ひどく焦った。

けれど、実際には、いつの間にか寝ちゃったらしい。しかも、寝坊までしてしまった。

ホテルの電話の音に、ぼーっとしながら受話器を取り、寝ぼけ声で返事をすると、

「湊人くん、もしかしてまだ寝てたの？　とっくにみんな朝食会場に来てるよ」という、瑞葉さんの呆れたような声が僕の耳に突き刺さった。

全日本選手権はやっぱり特別なレースなのだなと、会場入りしてみて、いまさらながらではあるけれど、あらためて思った。

このレースで勝てば、今後一年間は、ナショナルチャンピオンジャージを着用して、すべてのレースを走ることになる。それだけでなく、一度でもナショナルチャンピオンになると、その後はジャージの袖や襟に、その国の国旗をイメージしたデザインを入れることが認められている。つまり、少し大げさに言えば、ここで勝ち得た栄光は、生涯消えることがないのだ。

その栄光を争っての年に一度のレースである。言葉には出さなくても、喉から手が出るほどタイトルが欲しい選手が、そこここにいるわけで、使い古されている表現ではあるものの、見えない火花があちこちで飛び交っていて、ふだんのJプロツアーにはない独特の雰囲気が会場を覆っていた。

去年も僕は全日本選手権に出走していたけれど、右も左もわからない状況で、気づいたらあっという間にレースが始まっていて、懸命に高畑さんのアシストをしているうちに、いつの間にかレースが終わっていた。自分のことで精一杯で、周りに注意を向ける余裕な

27

どなかったというのが、正直なところだ。

それと比べると、今年の僕はだいぶ進化していると言ってよいかもしれない。一年とちょっとJプロツアーを走ってきて、他チームの選手とも顔見知りになり、直接会話をしたことのない選手でも、チームがどこでどんなタイプの脚質かといったことが、とりあえず頭に入っていることで、周囲の動きに目を向けられるだけの余裕があった。

たとえば、スタート/フィニッシュ地点に集まっているお客さんの数が去年より少し多いなとか、マスコミの数も今年のほうが明らかに多いのは、やっぱり梶山さんの存在が大きいのかも、などと、そんな分析めいた考えを巡らせることは、去年はまったくできなかった。

ところで、自転車雑誌を中心としたメディア関係者中、一番忙しそうに動き回っているのは、スポーツ番組専門チャンネルのスタッフのようだ。マイクを手にしたインタビュアーが、カメラマンを伴ってかなり早い時刻から、各チームのテントを訪ね回っている。

カメラとマイクを向けられるのは、それぞれのチームのエースを中心とした有力選手だ。僕らエルソレイユ仙台でインタビューを受けたのは、当然のごとく梶山さんと高畑さんの二名である。自転車関連のメディアでは、今年のエルソレイユ仙台は、梶山さんと高畑さんのダブルエースで臨む作戦なのだと見ているのだろう。それはおそらく他チームも同じに違いない。

梶山さんに続いて高畑さんへのインタビューを終えたテレビスタッフが、パイプ椅子に座って日焼け止めクリームを腕と脚に塗りたくっている僕に目を向けた。

一瞬迷いの表情を浮かべたインタビュアーが、腕時計に視線を落としてから、カメラマンをうながして他チームのテントへと足を向けた。

テレビクルーがいなくなったところで、梶山さんが僕に近付いてきて、にやっ、と笑った。

「いまのインタビュアー、レースが終わってから後悔するぞ。レース前にやっぱり小林湊人選手にインタビューしとけばよかった、なんであの時マイクを向けなかったんだろう、日本チャンピオンになる選手の貴重映像を撮り損ねちまった、ってさ」

「梶山さん、プレッシャーかけないでくださいよぉ」

「口で言うほど、プレッシャー感じてないくせに」

「そんなことないですって、朝から緊張しまくりなんですから」

「いやいや。こういうビッグレースでエースに指名されといて、朝寝坊してくる選手って初めて見た」

「いや、それは……あの……」

言い訳のしようがなくて困っている僕に、身支度を終えてチームのバンから降りてきた高畑さんが声をかけてきた。

「あらためて今日のコースを検討してみたんだけどさ。レースが落ち着くまで、湊人は集団の前めで位置取りをしたほうがいいと思う」

「なんで？」

梶山さんに訊かれた高畑さんが、僕の前のパイプ椅子に腰を下ろして言った。

「去年もそうだったけど、スタート後、一周めは落車の発生確率が高い。特に、左折で下り区間に入る地点は要注意だ。あそこで道幅が急に狭くなるだろ？　それと、その直後の牧場手前の登り返しは、中盤にいると前後が詰まってよくない。一番楽なのが集団後方なのは確かだけど、落車かなにかで中切れがあったら、そのあとの挽回で脚を使ってしまう。なので、レースの序盤はリスク回避優先で走ったほうがいいと思う」

「確かにそうかもしれないですね」

そう言って僕はうなずいた。実際、去年の全日本選手権では、スタート直後の落車で有力選手が何人かリタイアを余儀なくされている。

梶山さんも、そのほうがいいだろうな、と同意したあとで、

「いつもの癖でうっかり逃げに乗っていた、なんてならないようにな」からかいの口調で笑う。

「気をつけます」

真顔で僕が答えたところで、

「そろそろスタート地点に移動の時間です！」

瑞葉さんが僕らに告げた。

さあ、いよいよだ。

集中を切らさず、できるだけ冷静に。

そう自分に言い聞かせてパイプ椅子から立ち上がった僕は、テーブルの上のヘルメットに手を伸ばした。

28

スタート予定時刻、午前九時の一分前になっていた。

天候はほぼ快晴で、気温は摂氏二十六度。少し蒸し暑いのが気になる。日中になるにつれて、さらに暑さが厳しくなりそうだ。とはいえ、僕自身がわりと暑さには強いということもあって、雨のレースになるよりは、晴れてくれたほうがやはりずっと気持ちよく走れる。

スタートラインの最前列には、昨年の全日本で上位入賞の選手が優先的に並んでいる。

僕はというと、高畑さんのアドバイス通り、できるだけ前方からスタートしようと思っていたのだけれど、並ぶのが遅れていちばん後ろになっていた。スタート地点に向かおうとしていたところで、自分の自転車がパンクしているのに気づいたのである。

チームテントから移動してくる際に、なにか尖《とが》ったものをタイヤが拾ってしまったに違いない。エルソレイユ仙台がレースで使っているのはチューブラーと呼ばれる構造のタイヤで、ごく小さなパンクの場合はゆっくり空気が抜けていくため、すぐにはパンクに気づかないこともある。

慌てて待機していたチームカーのところまで自転車を引いていき、メカニックの須藤さんにパンクしていた後輪をホイールごと交換してもらったのだけれど、交換を終えてスタート地点に並んだ時には、スタート時刻の五分前になっていた。おかげで、集団の最後尾に並ぶはめになってしまった。前のほうは、エルソレイユ仙台を含めたコンチネンタルチームの選手たちで占められているので、後方に並んでいるのはアマチュアの選手がほとんどだ。

肝心な時になんて運が悪いんだろう。

出鼻をくじかれたような気分で最後列に並んだ僕に、いつもは最前列近くにいる梶山さんが言った。

「よかったじゃん、スタートのあとじゃなくてさ。これって運がいい証拠。こういうの、ものは考えようって言うんだっけか」

それで僕の気分が落ち着いた。

梶山さんの言う通り、確かに、ものは考えようだ。

そこでふと気づいた。

「もしかして、戻るのを待っていてくれたんですか」

「最初の登り区間は集団の後ろが絶対楽だし、安全だろ？　それだけのこと」

素っ気なく言った梶山さんだが、たぶん嘘だ。

僕が逆の立場だったら、つまり梶山さんがエースで僕がアシストだったら、梶山さんがトラブルを解決して戻ってくるまで待っているだろうし、どうしてもという場合は、自分のホイールを外して梶山さんに使ってもらい、とりあえず無事にスタートを切ってもらうのがベストな選択になる。

自転車競技を始めて間もないころ、まだ学生だった僕は、ツール・ド・フランスの中継を見ていて、パンクしたエースに自分の自転車から外したホイールを差し出しているアシスト選手の映像に、ものすごく感動したことがあった。この選手は自分の成績を犠牲にしてまでエースに尽くしているんだと。

けれど、それって感動的な物語でもなんでもなく、アシストとしての仕事を淡々とこなしていただけであるのを、僕はプロとして走り始めて、すぐに知ることになった。

昨夜のミーティングでは、明日はアシストに徹すると冗談めかして言っていた梶山さんだったが、言葉だけではなく実際の行動で、しかもさりげなく示すところが、さすがというか、かっこいい。プロフェッショナルであるとはどういうことか、あらためて教えられた気がする。

そんな梶山さんの期待に応えるためにもマジで頑張らなくちゃ、と自分に言い聞かせているうちに、離れた場所で耳にすると、ちょっと間の抜けたように聞こえなくもない、パンッという、スタートの号砲が鳴った。

今年の全日本のコースは、スタートしてすぐ登りになるコースレイアウトということで、審判車が先導してのパレードランがない。しかも、スタート直後に交差点を左折してから登り区間に入っていくため、一番後方からのスタートだと、集団の前方がどんな動きになっているのか、よくわからない。

走り始めてすぐ、僕と並走しながら梶山さんが訊いてきた。

「どうする？　このまま後ろで走る？　それとも前に上がるか？」

スタート地点に着くのが遅れたせいで、逃げが決まってレースが落ち着くまでは前方に位置取りをしてリスク回避、という作戦が取りにくくなった。

このまま後方で余裕をもって走っていれば、集団のどこかで落車が起きても巻き込まれないですむ反面、足止めを食って後方に取り残される恐れもある。

どっちを取るかだが、一瞬迷ったあとで、

「前に上がっていたいです」

そう答えると、オッケー、と返事をした梶山さんが、

「下り区間に入る前までに少しずつポジションを上げていくから、後ろについて」と言って、僕を先導し始めた。

感謝しつつ、梶山さんの後ろについて走り始める。

こういう場合の位置取りが、梶山さんは本当に上手い。決して無理な追い越しはしないのだが、集団の外側の隙間を使って、するするとポジションを上げていく。

一つ目の登りが終わって少しだけ下り、二つ目の長めの登りに入るころには、集団の前から三分の一くらいまでポジションを上げていた。

その登りが終わる直前、僕が追い抜けるスペースを右側にあけた梶山さんが、前に出ろと合図を送ってよこした。

「この先は自分で行けるでしょ」

「ありがとうございます、助かりました」

追い抜き際にそう返すと、

「これ以上俺が前に出ると、警戒されちまうからね」と、僕にだけ聞き取れる程度の声で梶山さんが言った。

その直後、緩い下りに入った。

下りきったあとで勾配が八パーセント程度の登りが一キロ弱続く。その後、短い平坦路

をはさんで左折し、道幅が狭くなると同時に下り基調の区間が始まる。

この八パーセントの登りで少し強くペダルを踏むことになっても、本格的な下りが始まる前に、先頭付近にポジションを上げておいたほうがいい。高畑さんが言っていた、牧場手前の登り返しの急坂がすぐに出てくるので、そこで集団の中盤にいると、前方が詰まってブレーキが必要になるからだ。そこから踏み直して勾配が十二パーセントの急坂を登るのは、距離は短いものの、けっこうきつい。一方で、先頭付近で登り返しに入ることができれば、下りの勢いを保ったまま登ることができるので、だいぶ楽になる。

今日のように距離の長いレースでは、小さなダメージの積み重ねが終盤になって効いてくる。とりわけ、インターバルがかかるような、急激な強度の上げ下げは極力避けたほうがいい。

ということで僕は、無駄なリスクを負わない程度に、少しずつポジションを上げ始めた。登りのペースがけっこう速い。普通にペダルを踏んでいては、これ以上ポジションを上げることができなさそうだ。

覚悟を決めてサドルから腰を上げ、ダンシングで前の選手を一人ずつパスしていく。

集団の先頭が見えてきた。

サドルに腰を戻し、ギヤを軽くしてペダルを回し始める。

だいぶ脚を使ってしまったけれど、登り返しが来る前の短い平坦路で、僕は集団の先頭付近に位置することができた。

　これでなんとか、スタート前に高畑さんにアドバイスされた状況に身を置くことができた。

　あらためて行く手に視線を向けてみたが、先行している選手はいないようだ。ここまでのあいだに、逃げを決めようとする動きが何度かあったはずだ。だが、そうしたアタックは成功しなかったみたいで、一塊になって登り返しをこなした集団は、かなり速い速度を保ったまま下り区間に突入した。

　道幅が広くなったところで後方を確認してみる。

　肩越しに振り返った僕は、一瞬、混乱した。

　なぜだかはわからないのだが、後続が見えない。

　その後も何度か後方をチェックしてみたが、誰も追って来ていない。明らかに集団が分断されている。

　落車でもあったのだろうか……。

　そう考えながら、図らずも先頭集団となってしまっている周囲の選手をチェックしてみる。

　選手の数は僕を含めて十七名。コンチネンタルチームで集団内にいないのは、ヤマノレーシングくらい。それ以外のコンチネンタルチームは、この集団内に二名から三名入っている。その中で明らかにエースであるのは、インターテクニカサイクリングの川本《かわもと》選手だけだろう。ほかのチームのエースは、この集団では走っていない。といっても、サブエース級の実力者がけっこう交じっている。逃げが得意なルーラー脚質の選手も多い。この十七名で逃げたら、かなり強力な逃げ集団になりそうだ。

問題なのは、この集団にエルソレイユ仙台のチームメイトが誰もいないことだ。

まずいぞ、これは……。

このままでは、僕らが描いたプランとは、まったく違う展開になってしまう。

そもそも僕は逃げに乗ってはいけない役割だった。いくらこの十七名が強いといっても、メイン集団を作っているプロトンがその気になって追えば、どうしたって捕まるはずだ。というより、ここまで大きな集団をプロトンは容認しないだろう。なにが原因で分断されたのかはわからないけれど、いまの十七名の逃げはNGということで、ほどなく捕まるに違いなかった。

先頭のほうでは、このまま逃げようぜ、ということで、しきりにローテーションをうながしている選手がいるものの、僕はローテーションには加わらず、最後尾でついていくだけにした。

後続のメイン集団に早く捕まってしまったほうがいい僕としては、ローテーションに加わる必要がない。そしてまた、万一、この十七名で逃げ切りを狙うような展開になった場合、チームメイトが誰もいない孤立状態では、圧倒的に不利になる。その万一の場合に備え、可能な限り楽をして走る必要がある。

早くメイン集団が僕らを捕まえてくれと、いつも逃げていた時とは正反対の希望を抱きつつ走っていた僕は、一周目が終わって二周目に入ったところで、期待通り、後続が背後に迫っているのを確認した。

やれやれ……。

ほどなく僕ら十七名はプロトンに吸収され、再びアタック合戦が始まるだろうが、スタート直後とは違って、メイン集団の密集度は低くなっているはずだ。逃げに乗るためのアタックは三橋さんと原田さん、そして悠の三人に任せ、僕は当初のプラン通り、梶山さん、高畑さん、桜井さんと一緒にプロトン内で脚を温存しながら、中盤以降の本格的な動きに備えていればいい。

そう考えながら、プロトンが追いついて来るのを待っていた僕だったのだが、追ってきているのはメイン集団ではなく、十一名の追走集団だった。

その十一名の中に悠がいた。

隣まで下がっていくと、悠が意表を衝かれたような声で言った。

「あれ？　湊人、なんでここにいるの」

「なんでって、いつの間にかこうなってしまった。俺が先行しているの、気づかなかった？」

「ごめん、全然気づかなかった」

「いや、謝ることはないけどさ。なんでこうなっちゃったんだろ」

「最初の登り区間、先頭のペースがめちゃくちゃ速くて、後続が中切れしちゃったのがひとつ。それから、コンチネンタルチームのエース、えーと……」と、ダンシングしながら集団を見回した悠が、サドルに腰を戻して言った。

「インターテクニカの川本さん以外は後ろのメイン集団にいるのと、ヤマノレーシング以外、全チームが逃げに選手を送り込めているので、いったん、この逃げを容認することにしたんだと思う」

なるほど、とうなずきながらも、困惑は増すばかりだ。

全員で二十八名という、これほど大きな逃げ集団が形成されたのは、明らかにイレギュラーな状態だ。しかも、本当はメイン集団にいるはずだった僕が、成り行き上、逃げ集団に入ってしまっている。

いったいこの局面をどう切り抜けていけばよいのか……。

無線の使えないレースなので、チームカーのハンドルを握っている監督に指示を仰ぐこともできないし……。

この集団に悠が追いついてきてくれたのは心強いけれど、明確なプランを持てないまま、僕はペダルを踏み続けることになった。

29

逃げ集団を形成する際、五～六名から七～八名くらいの人数が、僕の経験上では最も効率がいい。二～三人という少人数だと、先頭で風を受けて牽引する時間が、どうしても長くなる。その一方、十人以上の大きな集団になってくると、トレインの意思の統一を図るのが難しい。積極的には引きたがらない者が出てくるし、端《はな》からズルを決め込もうとする者も出てくる。たとえば、ローテーションには加わるものの、引く時間が微妙に短かったり、何回かに一回、ローテーションを飛ばしたりするとか。なので、逃げるという共通目的のために意思が統一できて、しかもスムーズなローテーションが可能な人数は、七～八名くらいまでなのが普通だ。

いまの僕が乗っている二十八名の逃げ集団の場合、意思の統一が難しいというより、個々のチームや選手の思惑が、もともとばらばらだ。

最初から逃げ狙いの選手や、思いのほか大きな逃げ集団ができたことでチャンスと見た選手、あるいは先行逃げ切りを作戦としていた――たぶんないとは思うが――チームの選手は、前方で積極的にローテーションに加わっている。一方、後続のエースを待ちたがっているチームは、積極的にはローテーションに加わっていない。

それでもそこそこ速いペースで走っているのと、メイン集団を積極的に牽引するチームがいないのか――いたとしても逃げ集団に選手を送り込めていないヤマノレーシングくらいなのだろう――タイム差が周回ごとに広がっていき、六周目が終わったころには七分ちょっとまで拡大していた。

審判のオートバイが掲げる、後続とのタイム差が七分十秒のサインボードを見て、これはちょっとタイム差がつきすぎかも、と思った。このまま逃げ切りの可能性が、ちらちらと見えてきたのである。

そう思ったのが、僕だけでなかったのは確かだ。

急にローテーションがぎくしゃくし始めた。

終盤の勝負に備えて脚を貯めておこうと考え始めた選手が、ローテーションを渋り始めたのである。

これはちょっと迷惑だ。渋った選手のところで中切れを起こしてしまい、結果的にその先にいた何名かの選手を先行させてしまう。さすがにそれはまずいということで、先行する数名を集団で追いかける、という余計な展開が、時おり発生する。

中切れの原因を作っている選手の多くは、単騎――単独での出走のこと――で参戦しているアマチュアの選手たちだ。数えてみると、フルタイムワーカーのアマチュアチームの選手が六名に、大学生が一名の合計七名が逃げ集団内にいる。アマチュアとしては強い選手たちには違いないのだが、チーム力を使えないので優勝するのは難しい。いや、ほぼ百パーセント不可能だ。それを前提に上位の成績を目指して走っているので、できるだけ脚は温存しておきたい、けれども最後尾にいてうっかりちぎれるリスクを背負うのも嫌。ということで、結果的に集団の真ん中付近を走る選手が多くなっている。ローテーションに加わるつもりがないのなら、後ろで走ってくれればいいのだけれど、なかなかそうもいかないらしい。

などと、わりと冷静に状況を分析できるようになったのは、予期しなかった逃げ集団の形成に最初は戸惑ったものの、このいまの展開が、僕にとっては不利じゃなくなりつつあるからだ。

この集団で逃げ切るつもりはなかったため、最初からローテーションに加わらなかったおかげで、脚はまだまだフレッシュだ。小さな逃げ集団だとここまで楽はできないけれど、三十名近い集団であれば、プロトン内に潜んでいるのとほとんど変わらない。しかも、中切れが起きそうになった時のチェックは、悠が対応してくれているので、よけい楽をさせてもらっている。よって、いまは現状維持でなんの問題もない。

問題はレースの中盤以降だ。

この状況のまま最終局面に入っていくことはあり得ない。いずれは誰かが、逃げ集団を崩壊させる動きに出る。その際、メイン集団とどれくらいのタイム差になっているかがカギになる。

メイン集団が本気になって追走を始めれば、このコースレイアウトだと、一周につき一分は楽に詰められると思う。

となると……と暗算してみる。

残りが五周となったところでタイム差が四分から五分あたりが、勝負の分かれ目になってきそうだ。

四分を切っていたら、この逃げはたぶん捕まる。

五分以上に開いていたら、逃げ切りの可能性が大になる。

逃げ集団に特別な動きがない限り、残り五周の時点で、最終局面に向けてのプランを決定してよさそうだ。

逃げ切りが無理だとなったら、僕はメイン集団を待てばいい。それまでにはメイン集団自体も弱い選手が振るい落とされて小さくなっているだろうけど、なにかのアクシデントがない限り、梶山さんと高畑さんはもちろん、桜井さんと三橋さん、そして原田さんの全員が残れていると思う。少なくとも梶山さんと高畑さん、そしてスプリントエースの桜井さんは残っているはずだ。そこに合流できれば、作戦はいくらでも立てようがある。

その一方で、逃げ切れそうだとなったら、アタックをかけるチャンスを逃さないようにしなくちゃならない。

その際、どこでというのが難しい。残り五周からのアタックは明らかに早すぎる。いくら脚を温存できていたとしても、七十キロの距離を単独で逃げ切るのは不可能だ。

残り三周、あるいは二周。その辺がポイントになりそうだが、それまでに、できれば四～五名の先頭集団に絞っておきたい。そしてそのなかに、僕と悠の二人が残っていれば完璧だ。ルーラーが多いこの逃げ集団において、パンチ力のある悠の存在は、他チームにとって脅威になる。

もちろん、それは他チームの選手たちも承知のことなので、簡単にはこちらの思惑通りにはいかないだろうけど。

逃げ切りが濃厚になった場合、警戒すべき選手は……と、僕はあらためて集団内の選手を一人一人チェックし始めた。

やっぱり一番警戒しなければならないのは、インターテクニカサイクリングのエース、川本選手だ。次に注意すべきは、パワード・バイ・ステルスのベテラン、四年前の全日本で逃げ切り優勝を決めた大江田《おおえだ》選手だろう。二人とも逃げが得意で、サバイバルな展開に強い。フィジカル自体が強いのだ。もう一人、気をつけておいたほうがいいのは、チーム999《スリーナイン》の光岡《みつおか》選手。ふだんのレースでは外国人選手がチームのエースを務めるのでアシストに回ることが多いけれど、純粋に日本人だけのチームであればエースを張れる力のあるオールラウンダーだ。

もし、この三人と単独で最終局面を戦うことになったら、勝つのはかなり厳しいと思う。長い距離のレースなので、最後には誰の脚が一番残っているかで決まってくる可能性が高い。

そんな時に最終的に絞られた先頭集団に、同じチームの選手が複数名いたとしたら、そのチームが圧倒的に有利になる。たとえば、五人の先頭集団が最終的にできたとする。川本選手、大江田選手、光岡選手の三人と僕の四名に、悠が加わっての五人という構成になったら、エルソレイユ仙台の勝利の確率は、たぶん八割以上になる。それくらい数の力は大きいのである。それは、ライバルチームにも言えることだ。最終的な先頭集団に僕が残れたとしても、他チームが複数名いて僕が単独であれば、ほぼ勝ち目がない。

となると、悠はちょっと動きすぎている……。

メイン集団とのタイム差が七分二十秒で七周目に入ったところで、チェックはほかの選手に任せてしばらく様子を見ていよう、と悠に伝えに行こうとしたところで、前方から他チームの選手が下がって来て僕と並走し始めた。

「湊人、なかなか調子がよさそうじゃん」

今シーズンから群馬ギャラクティカに移籍して走っている佐山さんだった。

「佐山さんも」

集団の後方で坂を登りながら笑顔を返した。

「群馬クラシックでの湊人の優勝、うれしかった。地元のレースだったんで、大っぴらには喜べなかったけど」

「いや、まぐれですよ。でも、ありがとうございます」

「まぐれってことはないでしょ」

そう言った佐山さんが、ちらりと僕のほうに顔を向けた。

「今日のレース、湊人がエースだろ」

一瞬、虚を衝かれたようになった僕に、

「やっぱり図星だ」と笑ったあとで、佐山さんは付け加えた。

「だからこうして、ずっと脚を貯めているわけだ」

「そうじゃないです。うちは梶山さんと高畑さんのダブルエースなんで、ローテーションに入っていないだけです」

元のチームメイトというだけでなく、個人的にもだいぶ世話になった佐山さんだが、さすがに本当のことは言えない。

「ふーん」と言って、佐山さんがニヤニヤする。

どうも完全にバレバレみたいだ。

まあいいさ、と言った佐山さんが僕の肩をぽんと軽く叩いてから、再びダンシングし始めた。相変わらず軽やかなダンシングだなあと、細身の後ろ姿を見ながら感心する。

その佐山さんが、登りのあとでいったん下り切り、次の八パーセントの登りに差し掛かったところで、突然アタックをかけた。

残り距離からいって、逃げ切りを目的としたアタックではないはず。集団を絞り込むために揺さぶりをかけるのが目的に違いない。二〜三人程度の飛び出しだったら、メンバーによっても変わるけれど、先行させても問題ないと思う。

と思ったら、悠が反応してしまった。それを見た他チームの選手が追走を始める。その追走メンバーのなかに、国内屈指のルーラー、大江田さんが交じっている。

まずいぞ、これは……。

同じように危険を察知した選手たちとともに、僕もペースを上げて追走を開始した。

そうして一周回をこなし、スタート／フィニッシュラインを通過して八周目に入ったところで、二十八名いた先頭集団は絞り込まれ、十三名に数を減らしていた。その結果、第三集団となったメイン集団とのタイム差が八分十秒まで開くことになった。

佐山さんの動きで予想していたより早く先頭集団が活性化した。

とりあえず、残ったメンバーを確認してみる。

エルソレイユ仙台は、幸い、僕と悠の二人が残れている。

インターテクニカサイクリングは、エースの川本選手と新井《あらい》選手の二名。

宇都宮ブラウヒンメルが三名残しているけれど、エースの成田選手とサブエースは後方のメイン集団にいる。三名を残せているのはさすが強豪チームだが、三名のなかではスプリントに強い小山田《おやまだ》選手が要注意だ。

パワード・バイ・ステルスは、大江田選手の一名。

チーム９９９も光岡選手のみ。

川本選手と同様に警戒していた大江田選手と光岡選手が、二人とも単騎になったのはラッキーだ。

群馬ギャラクティカの佐山さん、多摩レーシングの山岸選手も単騎なので、ここまで十一名。残りの二名がアマチュア選手の合計十三名が先頭集団となって、レースは後半戦に突入していくことになった。

30

さすがにタイム差をつけすぎた。

そうメイン集団が判断したに違いない。先頭集団内に選手がいないチームが積極的に牽引を始めたらしく、一時は八分以上に開いた差が、急に縮まり始めた。

九周目、残り周回七周でタイム差が七分。

残り六周で六分。

そして、残り五周に入ったところで、僕ら先頭集団とメイン集団との差が、四分三十秒まで詰まった。そのあいだでは、先頭から二分遅れで第二集団が走っているけれど、単純に力負けしてちぎれた選手なので考慮する必要はない。

四分三十秒差。ものすごく微妙なタイム差だ。

どうするか。ほかの選手はどうするつもりなのか……。

互いに腹を探り合いながら序盤の二つの登りをこなしたところで、チーム999の光岡選手がアタックをかけた。下りでアタックがかかるとは思っていなかったのは僕だけではなかったらしく、一瞬、お見合いをしたみたいになってしまう。

しかし、迷ったのは一瞬だけで、僕はすぐさま光岡選手を追い始めた。メイン集団がペースアップして急速に近づいてきてはいるけれど、集団自体が二十名程度とかなり小さくなっていることを、補給をもらう時に教えてもらっていた。たとえ追い着いてきたとしても、そのころには、相当疲弊しているはずだ。

ならば逃げ切りを狙い、ここで光岡選手を追ったほうがいい。

たぶん、先頭集団の誰もがそう考えたと思う。

ここで脚の差が出た。

すでに百五十キロほども走ってきている。どの選手にもそれなりに疲労が蓄積されていて、その度合いがそれぞれ違う。八パーセントの登り区間でちぎれ始めた。光岡選手のアタックについていけなかった選手が、先頭集団は僕を含めて五名にまで減ってい

登り区間が終わって下りに入ったところで、先頭集団は僕を含めて五名にまで減っていた。

僕以外の四名は、チーム999の光岡選手、パワード・バイ・ステルスの大江田選手、そして、インターテクニカサイクリングの川本選手と新井選手。残念ながら、悠は後方に取り残されてしまった。これで、二名残せたインターテクニカが俄然《がぜん》有利になった。

メイン集団が必死に追走してきているので、僕ら先頭集団も脚をゆるめることができない。ローテーションしながら速度を維持しなければ、あっという間に追い着かれる。

ここで数の優位がもろに出る。

案の定、インターテクニカの川本選手は、ローテーションに加わってはいるものの、引くのをすぐにやめて後方に下がっていく。いずれゴールが近づくにつれ、牽引はアシストの新井選手に任せ、自分はこのトレインの最後尾、自転車レース用語のいわゆる「付き位置」で脚を貯め始めるに違いない。

それはわかっているのだけれど、どうしようもない。

まいったなあ、どうしよう……。

この状況で勝ちを狙うためにはどこかの時点で自分から仕掛け、力勝負に持っていくしかないが、アタックのタイミングを間違えれば墓穴を掘ってしまう。

打開策を思いつかないまま、僕ら五名のエスケープ・トレインは膠着《こうちゃく》した状態で残り四周に突入した。

フィニッシュまでの距離は五十六・八キロメートル。メイン集団とのタイム差は、三分四十秒にまで縮まっていた。

31

残り四周の後半、比較的フラットな区間に入ったところで、ボトルの補給で呼んだエルソレイユ仙台のチームカーが、先頭集団の位置まで上がってきてくれた。

去年から、全日本選手権でも、条件を満たしているチームに対して一台まで、チームカーの使用が認められるようになった。今年のレースでは全部で九台のチームカーが走っている。

コース上には水や補給食の補給ポイントが設けられているのだが、チームカーから直接受け取ることもできる。

チームカーからボトルを受け取るのは、単なる補給ではなく、監督と戦略の相談をするのが、どちらかというと主な目的だと言っていい。

ドリンクのボトルを受け取りながら、

「悠は無理そうですか。インターテクニカが二人いるんで、かなりピンチなんですけど」

と訊いてみる。

「両脚が攣《つ》ってやばいって言ってたんで、期待できないだろうな」

そう言った澤井監督が、だが、と言って続けた。

「浩介がメイン集団から飛び出して、単独でブリッジをかけている」

「梶山さんが？」

「そう。絶対に追い着くって言っていた。だから、おまえはローテに加わらなくていい」

「メイン集団自体は？」

「十名ちょっとまで減ってる。で、そっちのほうは和哉がうまくコントロールしてくれるはずだ」

梶山さんと高畑さんの情報を聞いて、にわかに勇気が出てきた。

力任せにメイン集団をちぎってエアロポジションに身を丸め、強烈なパワーで先頭集団を追走している梶山さんの姿が目に浮かんだ。本人が絶対に追い着くと言っている以上、梶山さんは先頭集団を必ず捉えるはずだ。というか、そう信じることにした。

一方、キャプテンの高畑さんは、トレイン内で上手く位置取りをして、メイン集団の追走ペースがこれ以上上がらないようにコントロールしてくれている。たとえばトレインの二番手か三番手あたりに位置取りをして、気持ち速度を緩めるとローテーションが上手く回らなくなる。そんな小技をたくさん繰り出しているに違いない。

僕はいま、先頭集団で孤立して走っているわけではなかった。梶山さんと高畑さん、そしてほかのチームメイトと一緒に、このレースを戦っている。

それをあらためて実感できて、身体の奥から新たに力が湧き出てきた。もちろん、時間が経つにつれて疲労が蓄積され、乳酸が溜まった筋肉があちこちで悲鳴を上げ始めてはいるけれど、そんなの全然大丈夫、あと百キロ残っていても余裕で走り切れると、そんな気分にさえなった。

「浩介が合流したら、あとは二人に任せる。悔いを残さないようにな」

最後に澤井監督が言って、チームカーは離れていった。

ペダルを踏み直した僕は、少しだけ離れていた先頭集団に復帰した。けれどローテーションには加わらず、最後尾にいる川本選手の後ろにつけた。

ちらちらと、何度か肩越しに背後を振り返った川本選手が、僕の隣に来て言った。

「小林くん、きみ、なんで回らないの。追い着かれちゃうよ」

「エースが追っているから待てという監督の指示なもので、すいません」

「高畑さん？」

かを話し始める。

「いえ、梶山さんです」

ちぇっ、という顔をした川本選手が僕のそばから離れ、チームメイトの新井選手となにかを話し始める。

梶山さんのことを話しているのだろうけれど、ぜんぜん構わない。エルソレイユ仙台の状況を隠さず伝えたことで、僕がローテーションから外れる大義名分が立ったことになる。エースが後ろから追いかけてきている以上、アシストとしてはそれを待つのが当然なので、ローテーションに加わらなくなったとしても責めることができなくなるのだ。うちのエースは梶山さんだと、ちょっとだけ嘘をついたけれど、それは内輪しか知らないことだからなんの問題もない。

いや、この時点では、僕と梶山さんのどちらがエース、という状況ではなくなっている。梶山さんが先頭集団へのブリッジに成功したら、その時点でチームとしてベストなプランを組み立て直して、フィニッシュを目指せばいい。

チームカーのハンドルを握っていた澤井監督が、離れる間際に、あとは二人に任せる、と言ったのはそういうことだ。

32

残り二周を目前にした、十三周目の下り区間が終わったところで、梶山さんが先頭集団に追い着いてきた。

シャーッというラチェット音が背後から近づいたと思いきや、僕の隣に梶山さんが並んだ。

「お待たせ、やっと追い着いたぜ」

淡々としたいつもの口調に、じわっ、とくる。

「そのかわり、悪い。余計なのを一人連れてきちまった」

その言葉に後ろを見やると、宇都宮ブラウヒンメルのエース、成田選手がいて、やあ、と僕に向かって口許を緩めながら手をあげた。

「まあでも、二人で回したから追い着けた。だから、悪く思わないでくれな」

悪いもなにも……。確かに成田選手という強敵が一人増えたけれど、梶山さんが合流したことで、エルソレイユ仙台は一気に優位に立った。いまの時点で、最も困っているのは、これまでの優位を失ったインターテクニカの川本選手に違いない。

そこで僕は、ふと昨夜のミーティングでの梶山さんの発言を思い出した。

話が混乱してきて、湊人が、つまり僕が逃げに乗ってそのまま逃げ切り勝利を目指したらどうか、と誰かが発言したとき、なかなかいいかも、と同意したのが梶山さんだった。その時、梶山さんは、援軍が必要だったら俺がブリッジをかけると言ったはずだ。さらには、それじゃあ湊人さんがエースなのがばればれですよ、と陸が言ったのに対し、ばれたころにはすでに手遅れってこと、とも。

本来の作戦とは違ったレース展開になってしまったものの、結果的には梶山さんの言った通りになっている。偶然の要素も強いけれど、こんなケースになってしまうことがあるのも、梶山さんは想定していたのかもしれない。

やっぱりすごい人だ、梶山さんは……。

僕が感心しているうちに、七名になった先頭集団は、一塊になってラスト二周に突入した。

最初の登りに差し掛かった直後だった。パワード・バイ・ステルスの大江田選手がアタックした。追走で疲れているはずの梶山さんと成田選手が回復しないうちに、仕掛けることにしたに違いない。

二番手につけていた新井選手が反応し損ねて、大江田選手との距離が開いていく。反応し損ねたというよりは、余力がなくて反応できなかったように見える。

すかさずチーム999の光岡選手が大江田選手のチェックに入った。いや、違う。二人で先行しようとする動きだ。

逃したらまずい。

僕が追走に入ると同時に、川本選手もチームメイトの新井選手を置き去りにして二人を追い始めた。

ちらりと振り返った。

さすがにブリッジをかけるのに脚を削られたらしく、梶山さんと成田選手が遅れ気味になっている。

非情なようだけど、ここで梶山さんを待つわけにはいかない。前を向き、逃げようとする三人に追いすがる。

いったん下って八パーセントの登りに入ったところで、今度は川本選手がアタックをかけ、光岡選手が遅れ始めた。

川本選手、大江田選手、そして僕の順番で登りをクリアする。登り切る直前、後ろをチェックすると、遅れた光岡選手のすぐ背後に梶山さんと成田選手が迫っているのが見えた。

先頭に立った僕ら三人は、そのままの順位で牧場前の急坂を登り切り、下り区間に入った。

結局、この三人での勝負になるのか……。

たぶん、大江田選手と川本選手は、この先のどこかでもう一度最後のアタックを試み、そのまま先行しての逃げ切りを狙っているのだと思う。二人とも、スプリントはあまり得意じゃないからだ。

最終局面で、完全にサバイバルレースの様相を呈し始めている。

「大江田くん、情け容赦ないんだから、まったくもう」

ふいに、僕の右斜め後ろで、ぼやく声がした。

驚いた。

梶山さんが追い着いてきた。光岡選手は完全にちぎれたみたいだ。かわりに宇都宮の成田選手がいた。さすが強豪チームのエースだ。梶山さんにひけをとらない。

僕の前を走る川本選手と大江田選手の背中に、焦りの色が浮かんでいるように見える。

ついに最終周回に入った。

後続とのタイム差は三分。追い着かれる心配は消えた。高畑さんが完璧な仕事をしてくれたに違いない。

問題は、この先どうやって勝利をもぎ取るか……。

スプリント勝負に持ち込めれば、川本選手と大江田選手に、たぶん勝ち目はない。最後に残った五人のなかで、一番スプリント力のあるのは梶山さんだと思う。成田選手もそこそこ強いけれど、梶山さんには敵《かな》わないはず。

日本チャンピオンはどうでもよくなっていた。僕か梶山さんのどちらかが勝てれば、それでいい。

梶山さんの隣に自転車をつけた僕は、ほかの選手には聞こえない程度の声で言った。

「スプリント勝負に持ち込みましょう。俺、発射台になります」

わかった、と梶山さんがうなずいた。

そのあとで、

「ただし、発射台は俺」

そう言うと同時に腰を上げた梶山さんが、先行しようとしてアタックをかけた大江田選手のチェックに入った。

梶山さんに背後につかれた大江田さんがあきらめてペダルを緩めた。

その隙を衝いて川本選手がロングスパートを狙ってアタックする。

これは僕がチェックに入った。

しばらくして、川本選手がロングスパートをあきらめた。

残り距離が三キロを切った。

二人のロングスパートが封じられたことで、全体の速度が緩んだ。

川本選手を先頭にしたまま、誰も前に出たがらない。最後のスプリントに向けて脚を貯めておきたいのだ。

梶山さんがするすると僕の隣まで上がって来て、指で合図を送ってきた。

軽くブレーキレバーに指をかけ、川本選手の自転車との車間を空けた。そのスペースに梶山さんが自転車を滑りこませた。

後ろにつかれるのを嫌った川本選手が、道幅いっぱいを使って、右に左にと蛇行し始める。梶山さん、僕、大江田選手、成田選手の順で、蛇みたいに進路をくねらせて付き従う。

完全に牽制に入った状態で、残り距離が削られていく。

残り一キロを切ったところで、僕の真後ろについていた大江田選手が、早めのスパートをかけた。

先頭に出た大江田選手に川本選手が飛びついた。それをさらに成田選手が追う。

三人を先行させた梶山さんが、僕を従えて成田選手に張り付いた。

棒状一列になってフィニッシュラインを目指し始める。

ゴール前三百メートルを通過しても梶山さんは動かない。

成田選手だけをマークしていればいい。梶山さんがそう考えていることが、僕にもわかった。

残り距離二百メートルで成田選手が進路を変えてスパートに入った。

成田選手が先行する二人をかわしたところで、梶山さんが進路を変え、成田選手の真横に並んだ。

さらに速度を乗せた梶山さんが、僕に合図を送って進路を譲った。

行く手を邪魔するものはなにもない。

同時に僕は、全力でもがき始めた。

カーボンのフレームとハンドルがしなる感触が、手のひらとシューズを通して伝わってくる。

フィニッシュラインまで五十メートルを切った。

実況のアナウンスが、観客の歓声と重なってガンガンこだましている。

左手前方にいた成田選手の自転車が、スローモーションのように一定の速度で手繰り寄せられてくる。

鼓膜を打っていたアナウンスの声が、ふいに消えたような錯覚を覚えた。

「湊人くん！」

なぜか、瑞葉さんの声だけがはっきりと聞こえた。

隣にいた成田選手のジャージが視界からかき消えた。

その直後、僕の自転車の前輪が、フィニッシュラインを通過していた。

エピローグ

《コースケ、きみのチームに生きのいい若手がいるんだって?》
「そう。今年の日本チャンピオンだ」
《いま、何歳?》
「確か、今年で二十四じゃなかったかな」
《その年齢でナショナルチャンピオンか。確かに若いね。名前は?》
「コバヤシだ。ミナト・コバヤシ」
《その名前、ジュニアやアンダーで耳にしたことはないな》
「それはそうだ。ロードレースを始めてまだ三年目だから」
《へえ。前になにかやってたのかい? 転向組?》
「そう。学生時代は陸上のトラック競技をやっていた。中長距離の」
《なんだ、コースケ。きみと同じじゃないか。それで売り込んでるわけか》
「悪いか?」

《いや、悪いことはない。で、陸上選手時代は、どの程度の選手だったの？》
「全国大会の決勝には、たいてい進出していたようだ」
《そりゃすごい。それで自転車の経験はまだ三年なのに日本チャンピオンか》
「そう。環境がよければ、これからまだまだ伸びる」
《その環境だけどさ。言葉はどうなの》
「もともと英語の教師を目指していたっていう話だから、問題ないだろ」
《フランス語は？》
「フランス語を第二外国語に選んでいたらしい。だから、少しはできるんじゃないかな」
《食べ物は》
「大丈夫だろ。好き嫌いはないみたいだから」
《コースケ。きみ、忘れてるだろ。最初のころ、ミソスープ、ミソスープって、うちのシエフをさんざん困らせたこと》
「いまどき、味噌くらいフランスのどこでも売っているだろ」
《いや、僕が心配なのは、異国文化にすぐ馴染めるかってこと。そこが日本人の一番弱いところだからさ》
「レースの朝、いつも一番遅く起きてくる。この前の全日本の時は、エースに指名されたくせに寝坊までしていた」

《ほう。なかなか図太いじゃないか》
「本人は自分をそう思っていないみたいだけどね。実際には、かなりタフだよ。ある意味、鈍感なくらい。日本では、そういうやつを天然って呼んでいる」
《頼もしいね》
「ドミニク。今年のジャパンカップ、きみのチーム、招待されているんだろ?」
《まあね。まだ非公式だけど、これまでの経緯があるから》
「来るんだろ? ジャパンカップ」
《たぶん行くことになると思う。なにせ、選手たちが日本に行きたがっている》
「その時に本人を紹介するよ」
《売り込みに熱心だねえ》
「きみのチームにはずいぶん世話になった。だから、その恩返しだ」
《どうしてそれが恩返しになるわけ?》
「いまならお買い得だから。今回のチャンスを逃して、あとできみを残念がらせるのは悪いと思ってね」
《そんなにいい選手?》
「俺はそう思う」
《欠点はある?》

「強いて挙げればシャイなところかな。この前、ナショナルチャンピオンのジャージ、必ず着なくちゃならないんですかって訊かれた。プロトン内で目立つのが嫌みたいだ」
《それって、欠点というほどのものじゃないでしょ。シャイなのに図太いって、むしろ自転車選手としては長所だよ》
「だから、強いて挙げれば、って言ったんだ」
《脚質は？》
「いまだ発展途上だけど、タイムトライアルに強いオールラウンダーに育つと思う。本人次第だが、日本人にしては体格も恵まれているからクラシックレースも行けるかも」
《べた褒めじゃないか。それで、いまの実力は？　コースケと比べてどう》
「今年中には歯が立たなくなると思う」
《きみが？》
「そう」
《なるほど。俄然、興味が湧いてきたな》
「だろ？」
《わかった。あとで詳しいデータを送ってくれないか？　きみのチームの監督がオーケーすればだけど》
「その点は問題ない。この話、すでに監督としているから」

《わかった。ジャパンカップに参戦するように、うちのボスに強くプッシュしておく》

「そうするといい。たぶん、彼のレースを見て驚くことになると思う」

《ますます楽しみだ》

「期待しててくれ」

《じゃあ、データを待ってる》

「明日には送る」

《楽しみにしてるよ。いい情報をありがとう》

「どういたしまして」

解説

北上次郎《きたがみじろう》
（文芸評論家）

たとえば、東日本ロードクラシック群馬大会の二日目の朝、梶山《かじやま》さんが「俺と勝負しよう」と言いだす場面がある。この小説の真ん中から少しあとのところだ。「梶山さん」というのは、フランスのプロチームに所属し、ツール・ド・フランスに八回出場した梶山浩《こう》介《すけ》のことで、日本自転車界のレジェンドだ。今期かぎりで引退、というニュースを聞いていたが、突然現役続行。しかも主人公の小林湊人《こばやしみなと》が所属するエルソレイユ仙台に加入してきたからびっくり。あのレジェンドとチームを組んで走ることが出来るのか、と湊人の胸の鼓動が高まるが、しかしすぐに、チームに不穏な空気が漂う。なぜなら、六月の全日本選手権を、それまでのチームのエースである高畑和哉《たかはたかずや》を差し置いて、梶山で狙う、と監督が言ったからだ。

しかもその梶山浩介、途端にはりつめた空気も無視して、「みんなも知っていると思うけど、俺、日本チャンピオンにはなっていないんだよね」と言うのだ。なんの悪気もないようなその笑顔をみて、なにこの人？　と湊人は驚く。

それからいろいろあって、前出の東日本ロードクラシック群馬大会だ。その初日の湊人の走りについて、「でもさあ、ずいぶんつまんないレースをするんだねえ。ちょっと、いや、かなりがっかりした」と梶山は言うのだ。その意味が湊人にはわからない。初日の彼は、十位以内という目標には届かなかったが、チーム内での順位は四番目。怪我明けにしては悪くない。実際、監督やチームメイトも、悪くない結果に対して、それぞれねぎらいの言葉をかけてくれた。それのどこが「つまんないレース」なのか。

「どういう意味だったのか知りたい？」

二日目のスタート直前に梶山が話しかけてくる。「はい」と湊人が返事をしたとき、「じゃあ、俺と勝負しよう」と言いだすのだ。「今日のレースで俺に勝てたら、意味を教えてやるってこと」。

しかし、レースが始まれば、梶山に勝つことではなく、レースに勝つことを考える。最後の心臓破りの坂が始まる手前で、サドルから腰を上げ、湊人は渾身のアタックをかける。まだ早いのかもしれないが、そんなことを言っていられない。そのくだりの一部を引く。

たちまち無酸素運動領域に突入し、ペダルを踏み込む脚が急速に重くなっていく。このペースでは、たとえトップで山頂をクリアできても、そこでオールアウト、ゴールまではもちっこない。

それはわかっているのだが、ペダルを踏み込む力を緩めたくない。
呼吸が追いつかず、肺が悲鳴を上げ始める。
全身が痺れてきて視界が暗くなりかけた。
もう完全にオールアウト。

このあとが白眉なのだが、紹介するのはここまでにしておく。本書は、前半のツール・ド・とちぎの最終日のレースや、ラストの全日本ロードなど、迫真のレースシーンが読みごたえたっぷりだが、物語のキモはここだと思う。自転車ロードレースがどういうものであるのか、その本質、核のようなものがここにある。強い印象を残す箇所だ。

自転車ロードレースを描く小説は、近藤史恵《こんどうふみえ》『サクリファイス』、川西蘭《かわにしらん》『セカンドウインド』、高千穂《たかちほ》遙《はるか》『ヒルクライマー』など、数多い。私は自転車ロードレースについて何も知らない素人だが、これらの小説で多くのことを知った。本書でも書かれているが、まず自転車ロードレースはマイナー・スポーツであること。ロードレースの本場であるヨーロッパのトップ・プロの年収は億を超えるが、それは一部の選手にすぎず、多くの選手の年収は日本円で三百万から四百万と言われている。ヨーロッパに比べて、はるかにマイナーなスポーツに位置づけられている日本国内の事情は推して知るべし。それでも彼らが頑張るのは、自転車に乗ることが好きだからだ。

小説の素材として面白いのは、自転車ロードレースはチーム戦であることだ。エースを勝たせるためにチームは戦略を練り、目標に向かって一丸となって邁進《まいしん》する。

たとえば、本書から引く。

エース以外の選手はアシストとしてレースを走ることになるわけで、エースの力を温存するための風よけになる、エースがストレスなく走れるように集団内での位置取りに気を配る、他チームのアタックを潰《つぶ》す、登りでのペースメーカーになる、次の展開に備えて集団の速度をコントロールする、あるいは、ちょうどいいタイミングで逃げて自チームに有利な展開を作る、さらには、ゴールがスプリント勝負になる場合は最後の風よけを引き受けてエーススプリンターの発射台になるなど、アシスト選手の仕事は多岐にわたる。

つまり、そういう事情のために、すこぶる人間的なドラマも生まれてくるということだ。他チームとの心理戦など、レースの細部は複雑になるので、小説の素材としてはまことに面白い。

ところで、作者の熊谷達也は、『ウエンカムイの爪』『漂泊の牙』『邂逅《かいこう》の森』など、自然を題材にした作品で知られる作家なので（これらの作品で数々の賞を受賞している）、自転車ロードレースと最初は結びつかなかった。あとで知ったことだが、もともとオートバイを愛好し、途中からは自転車の魅力にはまり、この『エスケープ・トレイン』を上梓した年には、自転車ロードレース・チームを立ち上げ、GM（ゼネラルマネージャー）をつとめるほどになっているという。本書には、リアルな空気があちこちから立ち上がってくるが、それも当然なのである。

本書の主人公である小林湊人は、大学二年生までは陸上競技をしていたが（5000mがメイン）、右足を疲労骨折。さらに、完治する前に無理をしたのでもっと重症になり、リハビリのために自転車を始めたのをきっかけに、ロードレースに転向したとの経緯がある。面白いのはこの青年、強くなりたいとか大レースに勝ちたいとか、そういう野心や目標を持っていない。本書は、そういう青年が自分の裡《うち》に眠る力に気がつくまでの物語である。そうも言えるだろう。

本書が読み終えてもなお印象に残るのは、これが自分の限界かもしれないという地点で引き返すのではなく、あと一歩だけ前に進めば、新しい何かが見えてくるかもしれない、ということを教えてくれるからだ。あと一歩だけ前に進め。

永遠に進むのは辛く、しんどい。しかし一歩だけなら出来るかもしれない。そして、一歩だけ進んだあとに見える風景に、私たちは感動するのである。

初出
「小説宝石」二〇一八年二月号〜二〇一八年一〇月号
二〇一九年二月　光文社刊

※この作品はフィクションであり、実在する人物・団体・事件などには一切関係がありません。

光文社文庫

エスケープ・トレイン

著者　熊《くま》谷《がい》達《たつ》也《や》

2022年2月20日　初版1刷発行

発行者　鈴木広和
印刷　堀内印刷
製本　ナショナル製本

発行所　株式会社　光文社
〒112-8011　東京都文京区音羽1-16-6
電話（03）5395-8149　編集部
8116　書籍販売部
8125　業務部

ISBN978-4-334-79304-3　Printed in Japan

組版　萩原印刷